www.bbulmedia.com

神兵利器

신병이기

신병이기

1판 1쇄 찍음 2014년 5월 28일
1판 1쇄 펴냄 2014년 6월 2일

지은이 | 예가음
펴낸이 | 정 필
펴낸곳 | 도서출판 **뿔미디어**

편집장 | 이재권
기획 · 편집 | 윤영상

출판등록 | 2002년 9월 11일 (제081-1-132호)
주소 | 경기도 부천시 원미구 상동로 117번길 49(상동) 503호 (우)420-861
전화 | 032)651-6513 / 팩스 032)651-6094
E-mail | bbulmedia@hanmail.net
홈페이지 | http://bbulmedia.com

값 8,000원

ISBN 979-11-315-1980-6 04810
ISBN 979-11-315-0007-1 04810 (세트)

神兵刃器

신병이기

예가음 퓨전 판타지 장편 소설

器 ③

목차

제20장
뇌격검

바람이 일었다.

아니, 그렇게 느껴지는 순간 빛이 터졌다.

번쩍!

눈부신 광채가 방 안을 가득 채웠고, 은설란과 갈천성이 자신들도 모르게 눈을 감았다.

그리고 이어진 한줄기 폭음.

쾅!

서둘러 눈을 뜬 그들은 보았다.

택중의 검과 복면인의 검이 교차한 채 대치하고 있는 것을.

한데, 택중의 검을 받고 있는 복면인의 눈빛이 심상치 않았다.

부르르.

눈동자가 미미하게 떨리고 있었던 것이다.

파지지지직!

그 순간, 택중의 검날에서 또다시 뇌전이 일어났다.

바로 그때 택중이 입가를 말아 올렸다.

"말했지."

무슨 말인지 몰라 복면인이 의아한 눈빛을 해 보였을 때였다.

"……?"

"이번엔 내 차례라고!"

말이 끝나기 무섭게 택중이 검날을 비껴 복면인의 검을 흘렸다. 그러곤 무서운 속도로 놈의 품 안으로 뛰어들었다.

동시에 왼팔을 접어 팔꿈치로 놈의 명치를 힘껏 때렸다.

콰득!

"큭!"

단말마와 같은 비명이 복면인의 입술 사이를 비집고 흘러나오는 순간에도 택중은 멈추지 않았다.

접었던 팔꿈치를 펼치며 주먹으로 놈의 턱을 가격했다.

퍽!

그러고도 모자라 휘청하며 뒤로 넘어가는 놈의 복부에 사정없이 무릎을 차올렸다.

푹!

새우처럼 굽은 채 뒤로 죽 밀려나는 놈을 뒤쫓은 택중이 힘껏 발을 내질렀다.

책상 모서리처럼 한껏 각을 세운 그의 발이 무서운 속도로 놈의 머리를 후려쳤다.

"끄억!"

비명과 함께 나가떨어진 복면인이었다.

저벅저벅.

택중의 발소리가 방 안을 묵직하게 울리는 가운데, 복면인이 비틀거리며 몸을 일으켰다.

그 순간, 택중이 검을 치켜들었다.

그리고 외쳤다.

"들어!"

"……?"

"검을 들라고 했다."

"……!"

복면인은 충격에서 벗어나지 못했는지 잠시간 머뭇거리다가 이내 자신의 실태를 깨닫고는 서둘러 검을 들어 올렸다.

그러곤 자세를 잡고는 무서운 눈빛으로 택중을 쏘아보았다.

바로 그때, 택중의 온몸에서 기이한 기운이 터져 나왔다.

후웅!

가히 폭풍과 같은 기세였다.

쿠아아아아아!

노도와 같이 밀려간 기세가 복면인을 후려쳤을 때였다.

택중이 머리 위로 검을 번쩍 들어 올렸다.

그러곤 한 치의 망설임도 없이 휘둘렀다.

슈각!

그 순간, 그의 검날을 둘러싸고 번뜩이던 뇌전이 하나의 빛살이 되어 쏘아졌다.

"뇌, 뇌격!"

은설란의 입에서 놀랍다는 듯한 음성이 터져 나오고 있었다.

그랬다.

일지검뇌!

이전까지 택중이 펼치던 것이 그저 초식 명에 불과한, 진수가 쏙 빠진 검 초식에 불과했다면 지금 것은 틀림없이 진짜 일지검뇌였다.

쾅!

다시 한 번 광채가 방 안을 삼키고, 이어 폭음이 터졌다.

그리고 은설란과 갈천성은 볼 수 있었다.

스르륵.

무너져 내리듯 주저앉는 복면인을.

쨍그랑!

놈의 검이 바닥을 때리고,

털썩.

끝내 쓰러져 버린 복면인을 보면서 그들은 서둘러 택중에게 시선을 돌렸다.

"크윽!"

뒤늦게 신음을 내뱉으며 주저앉는 택중. 그를 향해 은설란이 몸을 날렸다.

"고 공자!"

스륵.

그녀가 막 택중에게 당도했을 때, 택중이 쓰러졌다.

그런 그를 은설란이 안자, 택중이 말했다.

"나 잘했어…… 요?"

끄덕끄덕.

은설란의 눈가에 물기가 고이고 있었다.

택중은 완전히 의식을 잃기 전 힘겹게 손을 들어 올렸다.

아마도 눈물을 닦아 주고 싶었던 모양인데, 힘이 빠져서인지 좀처럼 올리지 못했다.

스윽.

이를 지켜보던 은설란이 그의 손을 잡아 올렸다.

그리고 자신의 볼에 살며시 가져다 댔다.

택중의 얼굴에 옅은 미소가 피어나고, 끝내 눈물을 흘리고만 은설란이 마주 웃었을 때 그가 눈을 감았다.

"고, 고 공자!"

은설란이 애타게 택중을 불렀다.

그때 그녀의 등 뒤에서 갈천성의 음성이 들려왔다.

"진정하게."

"……?"

"잠이 든 것뿐이니. 걱정할 것 없네."

그제야 은설란이 고개를 숙인 채 나직이 오열하기 시작했다.

덕분에 택중의 얼굴 위로 떨어지는 그녀의 눈물은…….

한 명의 사내가 죽을 뻔했다는 사실로 인한 슬픔. 그리고 그 사내가 난관을 이겨 내고 마침내 뜻을 이룬 데 대한 감격. 또 하나, 자신이 미처 깨닫지 못한 누군가에 대한 마음.

이 모든 게 복합적으로 뒤섞여 흘러내리는 것일 터였다.

*   *   *

눈을 떴을 때 택중이 맨 먼저 본 것은 침상 위에 엎드려 있는 한 여인의 얼굴이었다.

아마도 자신을 간호하다가 잠이 든 모양이었다.

택중은 말없이 그녀를 보았다.

긴 머리칼이 아무렇게나 흐트러진 채 침상 위에 흐르고 있었으며, 화장기라곤 없는 하얀 얼굴은 침상 모서리에 묻힌 채 그의 심장이 뛸 때마다 위아래로 움직이고 있었다.

그런 그녀의 머리 위로 창문을 통해 비쳐 든 햇살이 쏟아지고 있었기에 택중은 절로 고개를 쳐들었다.

그러곤 손을 들어 그녀의 머리 위로 그림자를 만들었다.

그런 상태로 가만히 있던 택중은 눈을 감았다.

편안했다.

이곳은 분명 자신의 방이 아니었고, 또 혈육도 아닌 이가 자신을 간호하다 잠이 들었는데도 이상하게 편안한 그였다.

그렇기에 아무런 말도 할 수 없었다.

아니, 하지 않았다.

그녀를 깨우고 싶지도 않았고, 지금의 이 상태가 흐트러지는 게 싫었다.

왜인지는 알지 못하지만, 그저 이대로 있고만 싶었다.

그때였다.

"깼어요?"

은설란의 음성이 택중의 귓가로 흘러들었다.

천천히 눈을 뜬 그가 말했다.

"방금요."

"……팔 아프겠어요. 그만 내려요."

"안 아파요."

"그럴 리가 있어요? 어제 그렇게 심한 일을 당했는⋯⋯."

"어제요?"

"예. 하루가 지났어요."

"⋯⋯!"

눈을 깜빡거리던 택중이 이내 싱긋 웃었다.

'알 게 뭐람.'

이상하게 여유가 생겼다.

이제껏 먹고 살기 위해 아등바등 살아왔고, 또 이곳에 와서도 돈을 모으네! 무공을 익히네! 하면서 죽자 살자 뛰어다녔는데, 이제 와서는 어쩐지 그게 다 바보짓처럼 느껴진다.

왜일까?

피식.

그것조차 궁금하지 않았다.

그냥 지금처럼만 살고 싶다는 욕심이 들었을 뿐이다.

"왜 웃어요?"

은설란이 물어왔고, 택중이 대답했다.

"그냥요."

"그냥⋯⋯?"

"예, 그냥."

"⋯⋯그것도 나쁘진 않네요."

두 사람이 마주 보며 미소 지었다.

*   *   *

완전히 자리를 털고 일어나는 데는 생각보다 오랜 시간
이 필요했다.

이레나 누워 지내고야 그는 일어날 수 있었다.

그나마도 완전히 쾌유된 것이 아니었기에 한동안 조심해
야 할 터였다.

"조금 더 누워 있지 그러나?"

전각을 빠져나온 그에게 갈천성이 말해 보았지만, 택중
은 곧바로 고개를 내저을 뿐이었다.

"아뇨. 그럴 수 있나요."

"하긴, 불편하기도 했을 테지."

"아, 아뇨. 그런 뜻이 아니라……."

택중이 손사래를 치며 얼굴을 붉혔지만, 때마침 다른 곳
을 보고 있던 갈천성은 그의 얼굴을 보지 못했다.

그 상태로 그가 말했다.

"저기 오는구먼. 그래도 인사는 하고 갈 테지?"

택중 역시 은설란을 발견하고는 빙그레 웃었다.

저만치에서 그녀 역시 그들을 발견했는지, 서둘러 걸음
을 옮겨 다가오고 있었다.

"왜 나왔어요?"

그녀가 물었고, 택중이 고개를 내저었다.

"이만 집으로 가려고요."

"……꼭 그럴 필요가 있나요?"

"죄송해서요."

"안 그래도 되는데……."

은설란이 기어 들어갈듯 나직하게 말했지만, 택중이 들은 모양이었다.

꾸벅.

고개를 숙여 보이며 그가 말했다.

"그동안 고마웠어요."

그러곤 천천히 걸음을 옮기기 시작했다.

그러면서 그는 생각했다.

'이번엔 정말 신세를 많이 지고 말았네.'

정말이다.

지난번 습격 때 완전히 난장판이나 다름없게 되어 버린 택중의 집이었다.

덕분에 의식을 잃고 쓰러졌던 그를 그곳에 둘 수가 없어서 자리를 옮겨야만 했는데, 그때 꼭 자신의 거처로 데려가겠다고 고집을 부린 게 은설란이라고 했다.

택중을 옥이야 금이야 여기는 갈천성으로선 그 제안이 마뜩치 않았고, 해서 그는 단호하게 거절하려고 했었다.

한데 이어진 은설란의 한마디에 결국 고개를 끄덕이고 말았다고 한다.

"또다시 암습이 없으리란 보장이 어디 있어요! 그러니, 제가 옆에서 지키고 있을 거예요!"

이렇게 말하며, 자신이 가장 완벽하게 움직일 수 있는 곳이 자기 방 말고 또 있냐고 따지는 데는 아무리 갈천성이라도 할 말이 없었으리라.

하긴, 그게 아니라도 당대 흑사련주의 질녀나 다름없는 그녀가 고집을 부리면 그로서는 어지간하면 들어주게 마련이겠지만.

여하튼 그로 인해 택중은 무려 일주일이나 되는 시간을 은설란의 처소에서, 그것도 그녀의 침상에서 누워 지냈다.

그러다 보니, 불편한 게 한두 가지가 아니었다.

그녀가 옆에 있는 게 고맙기도 했지만, 솔직히 거의 온종일 그녀가 곁에 붙어 있으니 거북한 부분도 있었던 것이다.

이를 테면, 화장실을 가는 문제라든가 옷을 갈아입는 문제 따위가 그랬다.

특히 의원이 와서 그를 진료할 때면 거의 알몸이 되다시피 했는데, 그때에도 은설란이 만일의 사태를 대비한다며 방을 나가지 않아서 무척 민망했던 그였다.

'쿨럭!'

다시 생각해도 부끄러웠던 택중은 기침을 하다가 그만 발을 헛딛고 말았다.

"조심해요!"

당장에 뒤쪽에서 은설란의 외침이 들려왔다.

말뿐만이 아니라 쏜살같이 달려와 비틀거리는 택중을 부축하며 그녀가 말했다.

"아무래도 안 되겠어요. 제가 부축할 테니, 함께 가요."

"아뇨, 그럴 필요까지는……."

"말 들어요!"

"……왜 화를 내고 그래요?"

"왜긴요. 제자가 사부 말을 안 들으니까, 그러죠!"

"제, 제자요?"

"그럼 뭔 줄 알았는데요?"

"그, 그야……."

할 말이 없어진 택중이었다.

무공을 배우고 있으니, 그녀가 사부가 아니라고는 말하지 못하는 상황.

기고만장해진 은설란이 그를 끌고 걸어가기 시작했다.

그런 두 사람을 갈천성이 뒤쪽에서 바라보다가 끝내 고개를 내젓고 말았다.

　　　　*　　　　*　　　　*

　다시 또 시간이 흘러, 보름이 지났다.

　바야흐로 때는 한여름이었고, 어딜 가도 더운 계절이기에 가만히 있는 것만으로도 땀이 삐질삐질 흘러내릴 지경이었다.

　그 가운데 모터 소리가 방 안을 울리고 있었다.

　위이이이이잉.

　이어지는 갈천성의 한마디.

　"덥군."

　뒤따르는 택중의 한마디.

　"그러게요."

　두 사람은 선풍기 앞에 바짝 붙어 앉아서, 떠날 줄을 몰랐다.

　그러다가 택중이 도저히 못 참겠는지 버럭 소리쳤다.

　"와! 도저히 안 되겠네!"

　그러곤 자리에서 벌떡 일어나 창문 쪽으로 다다다 달려갔다.

　드륵, 텅!

　그가 망설임 없이 창문을 닫아 버리자, 뒤쪽에서 갈천성이 소리쳤다.

　"미쳤나? 이 더위에 창문을 닫으면 어떡하나!"

그때 이미 방문 쪽으로 옮겨 간 택중이 문까지 닫아 버렸다.

어이가 없어진 갈천성이 혀를 차고 있을 때였다.

삑!

나무 토막처럼 생긴 새하얀 물건을 들더니 뭔 짓을 하는지, 그곳에서 이상한 소리가 들리는 게 아닌가.

'더위 때문에 미친 건가?'

갈천성이 참지 못하고 뭐라고 하려고 하는데, 갑자기 방 안에 찬바람이 몰아쳤다.

"헉! 이, 이건 뭔가?"

그가 놀라 묻자, 택중이 득의에 차서 말했다.

"뭐긴요. 에어컨이죠."

"뭔 컨?"

"아, 에어컨이라구요."

풀썩.

에어컨 바람이 가장 많이 떨어지는 곳에 자리를 잡고 앉는 택중. 그가 하는 행동을 가만히 지켜보던 갈천성이 쪼르르 달려와 자리를 잡았다.

"허어! 정말 신선경이 따로 없구먼!"

"시원하죠?"

"말시키지 말게. 이대로 등선할 참이니."

"크큭, 그러게요. 이러다 하늘로 올라가면 어쩌죠?"

피식.

한차례 웃은 뒤, 갈천성이 물었다.

"이렇게 좋은 게 있으면 일찌감치 틀 것이지, 여태 뭐했단 말인가?"

"마구 틀어 대다간 잘못하면 차단기 떨어진다구요."

"차단기?"

"전기가 부족하면 떨어지게 되어 있다니까요."

"전기?"

"그런 게 있어요."

갈천성이 고개를 갸웃거리고 있을 때였다.

택중이 불쑥 물었다.

"근데, 제가 검강을 맞고도 어떻게 살 수 있었던 거죠?"

"아!"

갈천성이 갑자기 탄식했다.

그러곤 서둘러 말했다.

"그렇지! 이걸 돌려주러 왔었지!"

품 안에서 뭔가를 꺼내는데, 택중이 보니 그건……

'내 권총이잖아?'

언제 저걸 가져간 걸까 싶어서 눈을 가늘게 해 보이는데, 갈천성이 권총을 건네며 말하는 게 아닌가.

"그것 덕분에 살은 줄이나 알게."

"……?"

"그동안 확실하지 않아서 말하지 않았네만, 조사해 보니 그놈의 재질이 뭔지는 몰라도 단단하기 이를 데 없더군."

"검강에 잘리지 않을 정도란 말이에요?"

"그렇다니까. 한번 보겠나?"

갈청성은 당장이라도 검을 뽑아 검강을 일으켜 보일 태세였다.

택중이 손사래를 치며 그를 만류했다.

"됐어요."

"엉? 못 믿는단 말인가? 내 지금 당장……!"

"믿어요! 믿는다니까요!"

"큼! 그렇다니까 그러네."

"하여튼 이것 때문에 제가 살았다니, 정말 믿을 수 없네요."

"헛참! 자넨 정말 이상한 때가 있더군. 때론 자기가 만든 물건이 어떤 효용을 지녔는지도 잘 모르는 같더란 말이지."

"……."

"아무튼지 간에, 그 물건이 어찌나 단단한지, 검강이 실린 놈의 일격을 무력화시킨 것만은 틀림없네. 그렇지 않다면 심장이 꿰뚫리고만 자넨 이미 이 세상 사람이 아니게 되었을 걸세."

"그럼……?"

"그렇지. 놈이 검강을 날렸을 때, 그 물건이 막아 주고,

그 때문에 검격이 무려 세 치나 빗나가고 말았다네."

세치(三寸)라면 약 9센티미터.

품 안에, 그것도 공교롭게도 심장 바로 위에 있었던 권총으로 인해 무려 9센티미터나 빗나간 칼날. 그로 인해 목숨을 구하게 되다니, 택중은 놀라지 않을 수 없었다.

'돌아가면 대령님한테 술이라도 한잔 사야겠는걸?'

여기까지 생각이 이르자, 택중은 잊고 있던 한 가지 문제를 떠올릴 수 있었다.

'근데, 어째서 돌아가질 않는 거지?'

거의 한 달 가까이나 현대로 돌아가지 않고 있던 것이다.

아파서 누워 있을 때야 그렇다 치고, 그 후로도 이 문제에 대해서 그다지 깊게 생각지 않고 있던 게 이상할 정도다.

하지만 따지고 보면 그럴 만도 하다.

이곳 생활도 꽤 익숙해진데다가, 사실 현대로 빨리 돌아가야 할 이유도 사라져 버렸으니 무리도 아니다.

아직 여동생과 함께 살게 된 것은 아니니 꿈을 모두 이룬 게 아니다.

하지만 그래도 여동생과 화해도 했고 건물도 샀지 않은가.

뿐만 아니라 통장엔 오백억 원에 이르는 돈까지 있다.

게다가 이제 실질적인 수입원은 이곳이라고 할 수 있으

니 그다지 불안한 마음이 들지 않았던 것이다.

'에라, 모르겠다! 언젠가는 돌아갈 수 있겠지.'

머잖아 현대로 넘어갈 것이라는 생각에 그저 한차례 어깨를 으쓱하고 마는 택중이었다.

그러다가 그는 뭔가 떠올랐는지 불쑥 물었다.

"저, 궁금한 게 하나 있는데요?"

"뭔가?"

"그럼 이걸로 검강도 막 뿜어내고 그럴 수 있을까요?"

"되겠지. 딱 보니, 천비신도 그 이상의 물건 같은데. 한데 만들어 놓고도 그걸 모른다는 얘기인가?"

"원래 그런 용도로…… 만든 게 아니거든요. 하여튼 간에 되긴 된다는 얘기네요?"

"그렇다니까 그러네. 못 믿겠으면 내가 한번 해 볼까?"

"아뇨, 그러실 필요는 없구요."

또다시 생각에 잠겼던 택중이 잠시 후 다시 물었다.

"그럼요…… 혹시 이걸로 검강을 쏘거나 할 수는 없을까요?"

"웅? 이를 테면 탄지신공처럼 말인가?"

"그게 뭔지는 모르지만, 아무튼 쏠 수 있다는 건가요?"

"무공만 받쳐 준다면 못 쏠 것도 없겠지."

"저라도 말인가요?"

"자네가 어때서? 자네 같은 고수가 못 한다면, 누군들 가능할까? 다만 그러려면 소림사 땡중들한테서 탄지신공을 훔쳐 와야겠지만."

갈천성의 얘기를 들으며 택중은 곰곰이 생각하기 시작했다.

그렇게 한참의 시간이 지날 때까지 그가 상념에 잠겨 있을 때였다.

드륵.

문이 열리고 익숙한 얼굴이 모습을 드러냈다.

동시에 귀에 익은 음성이 터져 나왔다.

"여기서 뭐하세요!"

은설란이 사나운 눈초리로 택중에게 소리치고 있었다.

"예? 그냥 있는데요?"

부르르.

몸을 떨던 은설란이 벌컥 고함쳤다.

"오늘부터 수련하기로 했잖아요!"

"아! 맞다!"

"잊고 있었단 말이에요? 난 그런 줄도 모르고, 반 시진이나 연무장에서 기다리고 있었는데……!"

"지, 지금이라도 얼른 가죠!"

자리에서 벌떡 일어난 택중이 막 방을 빠져나가려다 말고 걸음을 멈췄다.

그러더니 리모컨을 들고는 전원 버튼을 눌렀다.

삑!

"응? 뭐하는 짓인가?"

갈천성이 눈을 멀끔하게 뜨고 물어 오자, 택중이 어깨를 으쓱해 보이곤 돌아섰다.

그런 그에게 갈천성이 다시 물었다.

"차단긴지 뭔지가 떨어질까 봐 그러나?"

"아뇨."

"그럼?"

"배 아파서 그래요."

드륵, 텅!

문을 열었다 닫고는 사라져 버리는 택중이었다.

리모컨을 가진 채로.

                    *   *   *

쾅!

자신도 모르게 책상을 치고만 설매향은 그걸로도 분노를 삭이지 못하고 몸을 부르르 떨었다.

보고를 마치고도 자리를 떠나지 못하던 수하는 그저 눈치만 보며 고개를 숙이고 있었다.

"나가 보게."

이를 갈면서, 그러면서도 극한의 인내심을 발휘해 말하

는 설매향.

그의 목소리를 듣기 무섭게 수하가 돌아서 방을 나갔다.

그리고 이제 혼자 된 설매향은 마음 놓고 이를 갈아 댔다.

으득!

뿐만 아니라 지옥에서부터 끓어오르는 듯한 목소리를 흘려 냈다.

"크윽! 놈! 네놈이 감히!"

와작!

결국 왼손에 힘이 들어가면서 쥐고 있던 책상 모서리가 터져 나갔다.

나무 파편이 튀어 올라 그의 볼을 스쳐 갔고, 그로 인해 핏방울이 터졌지만 그는 조금도 신경 쓰지 않았다.

지금 그의 뇌리에는 오로지 한 사람의 이름만이 맴돌고 있을 뿐이었다.

신기서생 고택중!

겨우 한 명에 불과하거늘. 그 한 사람으로 인해 지금까지 뺏기고만 지부가 대체 몇이던가.

오늘도 마찬가지.

방금 방을 빠져나간 수하의 보고에 따르면 형산 지부가 무너지는 데 걸린 시간은 겨우 반나절이라고 했다.

하기야 천비신도를 앞세우고 열화비탄을 터뜨리며 진격

해 오는 놈들을 무슨 수로 막을 것인가!

그렇게 빼앗긴 곳만 이제까지 열 곳이 넘었다.

이러다간 정말 중원 무림 전체를 놈들에게 넘겨줄 판이 아닌가!

"으득! 그렇다면, 네놈부터 확실히 제거해 주마!"

그 대가로 무엇을 잃든 간에 반드시 놈을 제거하겠다고 결심하는 설매향이었다.

*　　　*　　　*

수련하며 흘린 땀의 양만큼 실전에선 살아날 확률이 높아진다.

……라는 말도 있다지만, 실전은 실전이고 지금 당장은 죽을 것만 같은 택중이었다.

'더워! 너무 덥다구!'

아무리 연무장을 둘러봐도 땡볕 아래에서 수련을 하는 자가 자신밖에 없다는 것이 그를 더욱 덥게 만들었다.

아니, 한 명 더 있긴 했다.

'독하다!'

정말이었다.

벌써 한 시진이 넘어가고 있는데, 인상 한번 구기는 걸 본 적이 없다.

은설란을 힐끔 쳐다보곤 고개를 내젓고 마는 택중.

그의 귓가로 그녀의 음성이 날아들었다.

"그만할까요?"

당장에 검을 휘두르던 걸 멈추며 택중이 고개가 떨어져라 끄덕였다.

그러자 그녀가 말했다.

"그러죠 뭐. 오늘은 이쯤에서 그만하고……."

그때 막 웃음을 지으며, 어디 가서 시원한 국수라도 말아 먹자고 말하려던 택중이었다.

한데 그의 귓속으로 청천벽력 같은 한마디가 파고들었다.

"간만에 동네 한 바퀴 돌고 올까요?"

"……설마 그 동네가 흑사련을 말하는 건 아니겠죠?"

"맞는데요?"

"컥!"

숨이 넘어갈 지경이 된 택중이었다.

하지만 그런다고 해서 봐줄 은설란이 아니었다.

무공 수련에 있어서만은 완고한 구석이 있어서, 한번 내뱉은 말은 반드시 지키고 마는 그녀였던 것이다.

이를 잘 알고 있는 택중은 더 이상 죽는 소리 하지 않았다.

말해 봐야 통하지도 않을 테니, 아예 입 밖에 꺼내지도 않았던 것이다.

그렇게 뛰기 시작한 지 반 시진.

이미 녹초가 되어 바닥에 쓰러질 지경에 이른 택중이지만 여전히 멈추지 않고 달리고 있었다.

"헉헉헉!"

앞에서 은설란이 멈출 생각 따윈 조금도 없다는 듯 처음과 똑같은 속도로 달리고 있었기 때문이다.

결국 지칠 대로 지쳐 버린 택중은 비틀거리며 소리쳤다.

"이제 그만 돌아가죠!"

라고 하려고 했으나, 그는 아무 말도 하지 못했다.

'엉? 이런 길도 있었나?'

그를 이끌고 달리던 은설란이 평소와는 다른 길로 접어들고 있었기 때문이다.

뿐만 아니라, 속도로 줄이고 있었다.

잠시 후엔 현저하게 줄어 아예 걷다시피 하더니, 끝내는 정말 평상시처럼 걷는 게 아닌가.

양손을 뒤로 하고 손가락을 맞물린 채 사방을 둘러보며 걷는 게 영락없는 산보였다.

'그나저나 점점 위로 올라가네?'

이를 테면 산길이었다.

짙은 초록의 잎사귀가 무성하게 달린 가지들이 한껏 드리워진 나무들이 길 양편에 서 있던 것이다.

걷는 동안 한결 숨쉬기가 편해진 택중이 그녀와 보조를

맞추기 위해 발걸음을 빨리했다.

그렇게 한참을 걷던 그들은 그동안에 아무런 말도 하지 않았다.

은설란이 말없이 산책을 즐기는 듯 보였기 때문이기도 하지만, 택중은 택중 대로 정말 처음이나 다름없는 경험을 하고 있었기 때문이다.

'여유롭다.'

살면서 한 번이라도 이런 여유를 가져 본 일이 있던가?

택중은 기분 좋게 불어오는 산바람을 코끝으로 느끼며 숨을 크게 들이쉬었다.

바로 그때였다.

숲길이 끝나고 갑자기 사방이 탁 트이며 푸른 하늘이 그의 시야를 가득 채웠다.

"아!"

어느새 정상에 다다른 것인지, 벼랑 아래로 흑사련이 펼쳐져 있었다.

뿐만 아니었다.

군산을 싸고도는 동정호가 한눈에 가득 들어오고 있었다.

사실 군산은 산이라기보단 동정호 한가운데 떠 있는 섬이었는데, 그 중심에 흑사련이 터를 잡고 있었던 것이다.

그럼에도 이런저런 일로 쫓기던 택중은 한 번도 이런 호사를 부려 보지 못했다.

오늘에 이르러 그녀와 함께 이렇게 산마루에 올라 풍취를 느끼게 되니, 감개가 무량할 뿐이었다.

더욱이 동정호 건너편에 마주 보이는 악양루가 햇살을 받아 멋들어지게 빛나고 있는 모습은 그야말로 몽환적이기까지 했다.

이처럼 멋진 광경들로 인해 택중이 숨죽인 채 즐거워하고 있을 때였다.

"답답해지면 가끔 올라와요."

"좋네요, 진짜……."

택중이 고개를 끄덕이는 순간이었다.

은설란이 천천히 돌아섰다.

그러곤 한 걸음 다가오고 있었다.

'헉, 왜, 왜 이러는 거지?'

야릇한 분위기에 깜짝 놀란 택중이 어쩔 줄 몰라 하다가 끝내 침을 삼켰다.

바로 그 순간, 그녀가 말했다.

"말했었죠?"

"뭐, 뭐를요?"

"전설의 검이라고."

"……?"

"당신에게 준 검은 그저 그런 검법이 아니라고 했잖아요."

"······그랬긴 하죠."

"사실이에요."

"믿는다니까요."

택중의 얘기에 은설란이 싱긋 웃었다.

그 바람에 새하얀 치열이 드러났다.

그 모습이 눈부시도록 밝다고 여긴 택중. 그가 어느새 넋을 잃고 말았다.

그동안에도 은설란의 얘기는 계속되고 있었다.

"가전 무공이에요."

"예?"

"사실 뇌격검은 저희 집안 대대로 내려오는 검법이라고요."

"헉! 그렇게 귀한 걸 저 같은 놈한테 막 주고 그래도 되는 거예요?!"

당황해서 소리쳐 묻는 택중을 향해 은설란이 고개를 내저어 보였다.

"아뇨, 그렇게 귀하지 않아요. 아무도 대성하지 못하는 검법은 더 이상 비급이 아니거든요."

뭔가 사정이 있는 모양이었다.

말을 하는 은설란의 표정도 어딘지 모르게 아련하게 느껴지고 있었다.

"그래도 누군가는 반드시 대성해 보겠다며 지금 이 순간에도 세상을 떠돌고 있긴 하지만······.”

“그게 누군데요?”

“저희 아버지예요.”

아버지라면, 흑사련주인 적무강이 대형이라고 말하던 그 아버지?

왠지 들어선 안 될 비밀을 듣고 있는 듯한 기분이 들어 택중은 눈을 껌뻑거렸다.

아니나 다를까.

이어지는 은설란의 얘기는 비사라면 비사라 할 수 있는 엄청난 내용을 담고 있었다.

“칠첩뇌운검은 여태껏 딱 한 번 세상에 모습을 드러냈어요.”

“······.”

“가문을 세우셨던 초대 가주 분이셨는데, 그때가 처음이자 마지막이었죠. 그리고 당시에는 뇌격검이란 이름으로도 칠첩뇌운검이란 이름으로도 불리지 않았죠.”

“그럼?”

“전뇌겁.”

“전······ 뇌······ 겁?”

전뇌겁(電雷劫).

전뇌, 즉, 벼락이 억겁처럼 긴 시간 동안 세상을 뒤덮는다는 뜻인가?

'하! 도대체 얼마나 대단하면 저런 이름이 붙은 거지?'

택중이 의아해할 때 은설란이 다시 말했다.

"세상이 붙여 준 이름이긴 하지만, 그 이름이야말로 진짜 전설인 거죠."

"확실히 그렇군요."

잠시 말이 없던 은설란이 불쑥 말했다.

"……이루세요."

워낙 나직한 소리였는지라 잘 듣지 못한 택중이 되물었다.

"지금 뭐라고 했어요? 잘 듣지 못해서……."

"내일부턴 후삼식을 익히게 될 거예요. 그러니……."

"……?"

"고 공자의 손으로 반드시……."

"…….."

"대성해 보이세요!"

"에이, 제가 어떻게……."

"전뇌겁의 전설……. 부디 이루어 주세요!"

"……!"

할 말을 잃고 만 택중이었다.

때문에 넋이 나간 듯 멍한 얼굴로 은설란을 쳐다보고만 있었다.

그런 그를 일별한 채 돌아서는 은설란은, 그녀대로 착잡

하기 이를 데 없었다.

'이걸로 된 거야.'

어차피 가문 안에서는 이룰 수 없는 꿈.

전설을 좇아 가문의 수많은 사람들이 세상을 떠돌았지만, 그 꿈이 결국 신기루와 같다는 걸 깨닫고 철저히 좌절하고 말았지 않은가.

그녀의 아버지 또한 그런 사람 중 하나였다.

차기 흑사련주로 내정되어 있음에도 결국 전뇌겁의 미혹을 버리지 못하고 뛰쳐나간 사람.

그로 인해 남겨진 사람들은 피폐한 삶을 살 수밖에 없었다.

가정보다는 자신의 꿈을 좇아 떠난 사내로 인해 어머니는 한을 품고 살다가 돌아가셨고, 그녀 자신은 어린 시절 떠나 버린 아버지와, 일찍 죽고만 어머니로 인해 철저히 외로움 속에 자라야 했다.

그렇기에 원망도 많이 했었다.

하지만 막상 검을 잡고 무인의 길을 걷다 보니 알 것도 같았다.

물론 그렇다고 완전히 아버지를 용서한 것은 아니지만, 어느 순간부터는 정말이지 그마저도 떨쳐 버리고 싶었다.

그러지 않고는 자신이 진정한 자유를 찾을 수 없다는 걸 깨달았기 때문이다.

그조차 쉽지 않았다.

그러기 위한 방법은 전뇌겁을 이루는 길만이 유일했는데, 그걸 이루기엔 자신의 능력이 너무나 부족했기 때문이다.

해서 그간 절망 속에 살아온 그녀였다.

한데 그날 보았던 것이다.

뇌격검을 배운 지 겨우 두 달도 되지 않은 사내의 손에서 전뇌가 일고, 무려 검강을 구사하는 절정 고수를 쓰러뜨리는 모습을.

부르르.

다시 생각해도 온몸이 떨려 오는 감각에 은설란이 희열로 몸부림쳤다.

바로 그때였다.

"해 볼게요."

등 뒤에서 사내의 음성이 날아들었다.

"아니, 할게요."

그의 목소리가 은설란의 가슴에 닿아, 그녀는 감당할 수 없는 환희에 젖고 말았다.

두근.

그리고 그녀의 가슴이 두근거리기 시작했다.

제21장
변화

며칠 전 은설란의 얘기를 들었음인지, 택중은 점점 수련에 빠져드는 중이었다.

하지만 꼭 그녀 때문만은 아니었다.

'즐겁다!'

돈을 번다는 것만이 인생 유일한 목표였던 그로서는 난생처음으로 느껴 보는 즐거움이었다.

땀을 흘리고, 조금씩 앞으로 나아가는 기쁨. 그러다가 거대한 벽이 나타나 주춤하게 될 때 끝도 없이 고민하다가 끝내는 벽을 넘어설 때의 희열.

이 새로운 감동이 그를 수련에 매진하게끔 만들고 있었다.

하루하루가 얼마나 즐거운지, 요즘엔 돈을 벌어야 한다는 것조차 잊고 있을 정도였다.

게다가 무려 전설이라고 하지 않은가!

이제는 은설란의 부탁이 아니더라도 꼭 이루고 싶었다.

설사 그것이 온전히 자신의 힘이 아니라도 상관없다.

허망한 꿈처럼 자고 깨면 사라질 일이라도, 그는 꼭 한번 느껴 보고 싶었던 것이다.

'전뇌겁!'

아! 얼마나 멋진가!

택중은 활짝 웃으며 B카스를 치켜들었다.

딸깍!

뚜껑을 따고는 그가 외쳤다.

"오늘도 잘 부탁한다!"

벌컥벌컥!

B카스를 단숨에 마셔 버린 뒤, 그는 검을 들고 연무장으로 뛰어갔다.

이제는 목검을 버리고 진검을 쓰게 된 그였기에 조심스럽게 움직여야 할 테지만, 그런 모습은 어디에서도 찾아볼 수 없었다.

밤낮을 가리지 않고 검을 휘둘러 댄 덕분에 지금의 검에 완전히 익숙해진 덕분이었다.

그렇게 얼마나 검을 휘둘렀을까.

중천에 떠올랐던 해가 서서히 기울어 서녘 하늘로 가라앉기 시작했을 때야 검을 내려놓는 그였다.

"수고하셨어요."

"공자님도요."

은설란과 인사를 나누고 집으로 돌아온 택중은 슬슬 배가 고파지는 걸 느끼며 부엌 쪽으로 걸음을 향했다.

바로 그때였다.

뜨끔!

뒷목이 당기며 기이한 감각이 온몸에 퍼져 나갔다.

'뭐, 뭐지?'

눈썹을 치켜세우며 골똘히 생각하던 택중이 안방으로 몸을 돌렸다.

그러곤 냅다 뛰어가 문을 열었다.

이어 그는 컴퓨터를 켜고, CCTV가 연결된 모니터를 확인했다.

한참 동안 들여다보던 그가 고개를 갸웃했다.

'이상이 없는데?'

그럼 왜 이러는 거지?

까닭 없이 불안해지는 택중이었다.

뭐랄까…… 꼭 큰일이 터지기 직전처럼 느껴졌던 것이다.

"서, 설마……?"

이유를 묻는다면 대답하기 어렵겠지만, 어쩐지 꼭 그럴 것만 같은 기분…….

택중은 서둘러 가방을 뒤적이기 시작했다.

그리고 꺼낸 라디오.

여전히 줄어들고 있는 숫자들.

어느새 숫자는 십만이나 줄어들어 있었다.

'헉! 그새 이렇게 많이 줄었던 거야?'

바로 그때였다.

딸깍!

스위치가 켜지는 듯한 소리가 들리더니, 라디오에서 전파음이 들리기 시작했다.

동시에 디스플레이 창이 붉게 변했다.

그러곤 점멸하며 깜빡이기 시작했다.

*   *   *

도무지 이해하지 못하는 상황.

사람은 대개 이러한 상황에 닥치면 두 가지 행태의 모습을 보이기 마련이다.

바닥이 보일 때까지 디디 파며 자신이 이해할 수 있을 때까지 고민하거나, 아니면 조금 생각해 보다가 포기해 버리는 것이다.

신병이기

택중의 경우엔…….

"아우! 이게 도대체 뭐냐고!"

요물도 이런 요물이 없다.

당최 알 수가 있어야지!

"무늬만 라디오지! 이런 뭣 같은 게 다 있는 거냐고!"

잠시 멍하니 라디오를 바라보던 택중은 급기야 화를 터뜨리고 말았다.

바람피운 남편의 머리끄덩이를 움켜잡고 흔들듯이 자신의 머리통을 양손으로 잡고 쥐어뜯던 택중은 끝내 탈진 지경에 이르렀다.

털썩.

자리에 주저앉은 택중이 넋두리하듯 중얼거렸다.

"내 팔자야! 뭐가 어떻게 돌아가는 건지…….""

물끄러미 바라본 라디오는 붉은빛을 뿜어내며 점멸하고 있었다.

하지만 그뿐이었다.

더 이상 아무런 변화도 보이지 않고 있었다.

숫자도 여전히 같은 속도로 줄어들고 있다.

887,987…… 887,986…… 887,985…… 887,984…….

계속해서 줄어들고 있는 숫자의 의미는?

"관두자! 에잇! 차라리 보지를 말지!"

머릿속에 포기라는 단어가 떠오르는 순간, 택중은 라디오를 움켜쥐었다.

그러곤 라디오를 가방 안으로 쑤셔 넣으려는 찰나였다.

팟!

"엉?"

라디오가 변했다.

아니, 정확히는 예전 상태로 되돌아왔다.

붉은빛이 사라지며, 점멸하던 것도 그쳤다.

여전히 숫자는 줄어들고 있었지만, 그 외에는 보통의 라디오로 돌아온 것이다.

고개를 갸웃거리던 택중은 이상하게 안심이 되었다.

그는 저도 모르게 옅은 미소를 띠며 고개를 끄덕였다.

"흐음…… 그런 거구나!"

뭔가를 알 것 같다는 그런 눈빛이었다.

스윽.

라디오를 가방 안으로 밀어 넣으며 택중이 중얼거렸다.

"고장 났던 거였어."

마치 자신에게 최면을 걸듯 같은 말을 연방 중얼거리던 택중이 자리를 털고 일어섰다.

그러곤 더 이상 볼 것도 없다는 듯 돌아서서 방을 빠져나갔다.

'그냥 고장 난 거야! 다른 생각하지 마! 고장 난 거라니까!'

바로 그 순간 가방 안에 있던 라디오에서 변화가 일어났다.

치이이익.

주파수가 적힌 계기판의 눈금자가 빠르게 움직이기 시작했던 것이다.

좌우로 흔들리며 쉴 새 없이 움직이는 눈금자.

마치 누군가 보이지 않는 손이 다이얼을 움직여 적당한 주파수를 잡듯이 심하게 움직이던 눈금자는 한순간 한곳의 숫자를 가리키며 멈췄다.

94.5

현대를 떠난 마당이니 더 이상 방송 전파를 수신할 수 없는 주파수일 터인데…….

갑자기 라디오에서 이상한 소리가 흘러나오기 시작했다.

%$^#&*^%# **((&^%(&*$ ^$@%$#@

그것은 도저히 알아들을 수 없는 소리였다.

흔히들 외계어라고 말할 수밖에 없는 그런 소리였던 것

이다.

그러나 이미 방을 나가고만 택중으로서는 그 소리를 들을 수도 없었고, 때문에 고민할 필요가 없었다.

바로 그때였다.

"아! 그렇지! 깜빡했네!"

문밖에서 택중의 음성이 들리는가 싶더니 문이 열렸다.

그 순간 라디오가 꺼졌다.

팟!

정확히는 소리가 그쳤다.

숫자만 돌아가고 있을 뿐, 그때까지 들려오던 외계어는 사라지고 만 것이다.

"아우, 내 정신 좀 봐! 이걸 놓고 가다니 무슨 정신이야!"

그러나 택중은 조금도 의심하지 않은 채 가방을 뒤적거려서 뭔가를 꺼내 들었다.

절대무쌍 4권

현대에서 빌려 온 무협소설을 꺼내 든 것이다.

"흐흐흐. 뭐, 꼭 같을 순 없지만 대충 알 것도 같거든? 하여간 이상한 곳이라니까!"

택중은 무협 소설을 손에 쥐고 즐겁다는 듯 웃었다.

탁!

문이 닫히고 택중이 사라졌다.

그 후에도 가방 안의 라디오에선 더 이상 아무런 소리도 들려오지 않고 있었다.

*   *   *

택중이 공부한답시고 툇마루에 앉아서 무협 소설을 읽고 있을 무렵, 또 다른 곳에서도 한 권의 책자를 쥔 사내들이 그것을 읽으며 머리털을 쥐어뜯고 있었다.

"갈! 대체 이게 말이나 되는 것이오!"

일갈대성을 터뜨린 중년의 사내 하나는 들고 있던 책자를 탁자 위로 집어 던졌다.

"허허, 이 사제. 아무리 화가 나도 그렇지 어찌 그런단 말인가. 진정하게, 진정해야……."

"사형! 이게 진정한다고 될 일이오? 대체 이게 말이나 된단 말이오? 보시오, 사형! 사람이 어찌 이런 무위를 보일 수 있다는 게요! 엉? 말이 있으면 해 보란 말이오!"

그가 다시금 치켜든 책자를 방 안에 있던 자들이 쳐다보았다.

누런 표지로 엮어 낸 서책은 새로 만든 게 분명한 듯 깨끗했다.

그야말로 따끈따끈한 신간인 것이다.

그럼에도 책의 끝 부분은 손때가 묻어서 번들거리고 있었다.

만들어 낸 지 이틀도 되지 않았는데, 그 짧은 시간 동안 얼마나 많이 들여다 보았는지 알 수 있었다.

그럴 수밖에.

비급이라 했다.

단순히 암호라고 치부할 수 없는 희한한 문자로 적혀진 비급.

처음엔 그 안에 담긴 내용이 궁금해서 펼쳐 보았지만, 이내 내용에 빠져들어 수도 없이 읽고 또 읽은 책이었다.

그건 비단 이 사제만이 그런 것이 아니었다.

이 방 안에 있는 모두가 같은 모습을 보였던 것이다.

그만큼 책자 안에 담긴 내용은 기가 막혔다.

절대무쌍 1권

비급에는 한 사내의 일대기가 적혀 있었다.

또한, 그가 보이는 무공 안에는 그야말로 심오한 무리가 담겨 있었다.

칼질 한 번에 전각이 무너지고, 땅이 갈라진다.

그뿐만이 아니라 때론 가볍게 내지른 주먹에 수천의 무

인이 절명해 버린다.

무신(武神)이 따로 없었다.

현실에서는 절대로 있을 수 없는 무위였던 것이다.

이 사제, 능군악(陵君岳)은 그 점이 못마땅했던 것이다.

그런 그를 대사형이라 할 수 있는 우문락(宇文落)이 물 끄러미 바라보다가 나직하게 물었다.

"부러운 건 아니고?"

"헙!"

"……."

"……."

"절대 아니라니까요!"

"정말?"

"……저, 저, 정말!"

저도 모르게 말을 더듬는 능군악을 우문락이 반개한 눈으로 바라보았다.

그러자 능군악이 슬그머니 고개를 돌리며 모깃소리만 한 목소리로 말했다.

"쪼…… 끔."

"응?"

"아! 그래, 그래! 요만큼! 요만큼…… 부럽수다! 됐수?!"

엄지와 검지로 손가락 하나 드나들 틈을 만들어 보이며

소리치는 능군악을 보며 우문락은 피식 웃고 말았다.

바로 그때였다.

"흑!"

이건 또 무슨 소리?

능군악과 우문락이 고개를 돌려보니, 삼 사제인 염수광 (炎秀光)이 고개를 숙인 채 어깨를 들썩이고 있었다.

"자넨 또 왜 그러나?"

우문락은 묻지 않을 수 없었다.

그러자 염수광이 천천히 고개를 드는데…….

"헉!"

"……!"

우문락과 능군악은 할 말을 잊고 말았다.

그럴 수밖에 없는 것이…….

정도맹 십대고수 중 하나인 진천쌍극(震天雙戟) 염수광 이 눈물 콧물 흘리며 훌쩍거리고 있었던 것이다.

"넌 또 왜 그래?"

우문락이 저도 모르게 평어로 묻고 말았다.

나이 서른을 넘기면서 한번도 해 본 적 없는 말투였다.

그만큼 당황했던 것이리라.

그러거나 말거나 염수광이 훌쩍이며 말했다.

"다시 봐도…….”

"……?"

"너무 슬퍼!!"

염수광이 들고 있는 절대무쌍 1권 사본은 유독 한곳에만 새까만 손때가 묻어 있었다.

절대무쌍의 주인공이 이미 죽어 관속에 들어간 친우를 찾아오는 장면이 틀림없었다.

"쯧쯧! 사내놈의 마음이 여리기도 하지."

누가?

정도맹에서도 독하기로 유명한 진천쌍극 염수광이?

사파고 마교고 간에 그의 이름만 들어도 벌벌 떨다 못해 오줌을 지리고 마는 진천쌍극 염수광이?

누군가 그들의 말을 들었다면 '미쳤군!' 하고 어이없어 할 상황이었다.

그러나 이곳엔 오로지 그들 세 명의 사형제만 있을 뿐이었다.

그리고 막내라 할 수 있는 염수광이 얼마나 여리고 가여운 아이인지 잘 아는 두 사람, 우문락과 능군악은 자신들의 사제를 안쓰럽게 바라보며 달래기 시작했다.

"진정한 사내인 거지……. 그러니 우리도 그를 본받아……."

"그래, 사제. 아직 그자의 행보가 끝난 것도 아니잖아? 그러니……."

그때를 기다렸다는 듯 염수광이 물었다.

"그럼…… 다음 권은 언제?"

*　　　*　　　*

택중은 절대무쌍 4권을 내려놓으며 눈을 감았다.

대략은 알 것 같았다.

이곳의 사정과 책 속의 사정이 완전히 같을 수야 없겠지만, 대충은 비슷하리라.

아니, 그렇게 믿는 수밖에 없다.

그가 취할 수 있는 정보에는 한계가 있었으니까.

거기에 지난 몇 달 동안 이곳에서 지내며 쌓아 온 경험이 더해지니, 대강의 윤곽이 잡히는 듯했다.

하지만 이것만으로는 뭔가 안심이 되지 않는다.

아무래도 이곳에서 수십 년 살아온 사람들에 비하면 정보가 되었든 경험이 되었든 부족한 것이 사실이니까.

"아, 그러고 보니……."

택중이 눈을 번쩍 뜨며 자리에서 일어났다.

그러곤 후다닥 나갔다.

한참 후 문이 열리고 모습을 드러낸 택중은 두 손에 납작한 기기를 들고 있었다.

그것은 바로…….

"크크크. 이걸로 중원에 대한 정보습득은 끝이다!"

택중의 단호한 음성이 집안을 흔들었다.

방 안으로 들어선 택중은 DVD 플레이어를 내려놓았다.

한차례 손바닥을 비빈 후 보따리를 풀었다.

그 안에는 몇 개의 DVD가 있었다.

그중 하나를 꺼낸 그가 씩 웃으며 중얼거렸다.

"오올— 신X문객잔! 제목 좋고!"

드르륵.

DVD를 삽입한 후 얼마 되지 않아, 영상이 나오기 시작했다.

중원이 끝나는 곳에 사막이 펼쳐진다.

그곳에 위태롭게 서 있는 객잔 한 곳에 각기 사정이 다른 자들이 모여들면서 이야기는 시작되고 있었다.

금세 무협 영화 속으로 빠져든 택중은 한동안 움직일 줄을 몰랐다.

그때 천장 위에서는…….

추풍객 공달이 살금 거리며 천장을 기고 있었다.

밖에서 택중이 안으로 들어간 것을 확인한 그는 지붕 위로 올라와 천장으로 은밀하게 침투했던 것이다.

'놈의 정체를 밝히는 게 먼저다!'

무슨 일이든 시작점이 있고, 그 시작점부터 일을 풀어 가야 하는 법.

그리고 이번 경우엔 놈의 정체를 알아내는 것이 그 시작점이 될 것이다.

공달은 소리를 죽이며 자신이 일전에 뚫어 놓았던 구멍을 찾아 움직였다.

바로 그때였다.

"쥐새끼 같은 놈!"

갑자기 들려온 섬뜩한 사내 목소리에 공달은 깜짝 놀랐다.

'헉!'

설마?

움직임을 멈춘 공달이 망설였다.

'들킨 건가? 그럴 리가 없는데…….'

그가 고민하고 있을 때였다.

이번엔 간드러진 목소리가 들려왔다.

"깔깔깔! 죽고 싶어 환장한 놈이군! 감히 엿보려 들다니!"

여인이라고 하기엔 어딘지 모르게 서늘한 음성이었다.

'내, 내시? 그럼?'

놈은 동창의 끄나풀인가?

공달의 머리가 쉴 새 없이 회전하고 있었다.

잠시 고민하던 공달이 굳은 표정을 해 보였다.

'이럴 게 아니라, 튈 때 튀더라도 직접 눈으로 보자!'

슬금슬금.

다시 움직이기 시작한 공달이었다.

그 순간이었다.

스릉!

맑은 쇳소리가 들려오는가 싶더니,

타핫!

땅을 박차는 소리가 이어졌다.

"흐엑!"

깜짝 놀란 공달이 후다닥 물러났다.

그러곤 꽁지가 빠져라 천장에서 빠져나갔다.

그러면서 그는 생각했다.

'놈은…… 혼자가 아니었어!'

*　　　*　　　*

한창 DVD를 보고 있던 택중은 천장에서 들려오는 소리에 눈을 껌벅거렸다.

"응? 쥐가 있는 건가?"

고개를 갸웃하는 사이, 천장에서 들리던 소리는 사라졌다.

한참을 기다려도 더 이상 아무런 소리가 들리지 않자, 택중은 쩝쩝거리며 중얼거렸다.

"흠…… 다음엔 쥐덫을 준비해야겠네. 엉? 중요한 장면

같은데……."

배를 깔고 누워 있던 택중은 DVD를 되돌리기 위해 리모컨을 찾아 손을 뻗었다.

띠릭.

휘리리릭.

"쥐새끼 같은 놈!"

"깔깔깔! 죽고 싶어 환장한 놈이군! 감히 엿보려 들다니!"

스릉, 타햇

콰과과광!

"끄악!"

"좀도둑인 거 같습니다!"

"쯧쯧, 놓쳤단 말인가?"

"죄송합……."

철썩!

"핏자국이 마르기 전에 어서 따라가지 못하겠나?"

"존명!"

휘리리릭.

"깔깔깔깔! 감히 동창의 행사에 끼어드는 불나방들을 이대로 보내 줄 수야 없지!"

흠칫.

택중은 영화 속에 등장하는 동창 수반의 모습에 몸을 떨고 말았다.

"무서운 놈들!"

사내면서도 사내가 아닌 자들.

서늘한 눈빛을 폭사하며 간교한 혓바닥을 놀리는 내시들을 보자니 등줄기가 서늘해지는 느낌이었다.

게다가 차갑고 잔인한 손속은 그가 한 가지 결심을 하게 만들기에 충분했다.

"절대로 엮이지 말아야지!"

중원에서 절대로 상종하지 말아야 할, 첫 번째 부류라 할 수 있었다.

그때였다.

덜컹덜컹.

밖에서 기척이 들려왔다.

누군가 현관문을 흔드는 듯했다.

"누구지?"

현관문을 잠가 두었으니, 그가 열어 주기 전에는 들어오지 못할⋯⋯.

그 순간 귀에 거슬리는 소리가 들리는가 싶더니,

티릭티릭, 딸각.

덜컹!

문이 열리는 소리가 들렸다.

동시에 바닥을 차올리는 발소리가 이어졌다.

그러곤 문소리…….

'화장실?'

순간 험악한 표정이 된 택중이 막 몸을 일으켰을 때였다.

딸각, 쏴아아아아아아!

덜컹.

"아, 시원하다!"

갈천성의 목소리였다.

울컥한 심정이 된 택중이 방을 나서려다 말고 순간 고민했다.

그의 시선은 어느새 DVD에 가 있었다.

'어쩌지?'

지금 문을 열면 밖에 있는 갈천성도 DVD플레이어와 TV를 보게 될 터.

자신이 현대에서 온 거란 사실을 모르는 상황에서 저런 걸 마구 보여 줘도 되나?

기계야 상관없지만, 영화를 보여 준다는 게 영 꺼림칙한 그였다.

결국 그는 결단을 내렸을 때였다.

문을 열고 갈천성이 들이닥쳤다.

택중이 황급히 전원 버튼을 누른 것도 그 순간이었다.

띠릭!

한데 너무 급히 눌렀던 걸까.

휘리리리리릭.

화면이 무섭게 뒤로 돌아가더니, 어느 순간 플레이를 시작했다.

"쥐새끼 같은 놈!"

"깔깔깔! 죽고 싶어 환장한 놈이군! 감히 엿보려 들다니!"

"좀도둑인 거 같습니다!"

두 사람, 갈천성과 택중의 눈이 마주쳤다.

툭!

질겁한 택중이 리모컨을 떨어뜨리는 순간에도 DVD는 돌아가고 있었다.

스릉, 타햇!

콰과과광!

"끄악!"

그 순간, 갈천성이 몸을 날렸다.

그러면서 다급히 소리쳤다.

"물러서게!!"

이어 TV를 향해 검을 빼 들고 덤벼들고 있었다.

TV를 박살 낼 기세였다.

사색이 된 택중도 황급히 몸을 날렸다.

"안 돼!"

콱!

죽을힘을 다해 갈천성의 바짓가랑이를 붙잡고 늘어지는
택중.

놀란 갈천성이 뒤를 돌아보는 순간, 그의 바지가 주룩 벗
겨졌다.

그때 열린 문틈 사이로 싸늘한 음성이 날아들었다.

"나중에 다시 오겠습니다."

홱!

홱!

급히 고개를 돌린 갈천성과 택중의 시야에 무치가 돌아
서는 모습이 보이고 있었다.

더욱이 그가 돌아서기 전 보인 것은 경멸과 실망이 교차
하는 눈빛이었다.

홱!

홱!

다시금 고개를 돌린 두 사람의 시선이 허공중에서 얽혀
들었다.

공감 백배!

말은 하지 않았으나, 의견 일치를 본 두 사람. 그들이 무

섭게 땅을 박찼다.

"잡아!!"

"어딜!!"

"왜, 왜 이러십니까!"

그로부터도 한참 동안이나 소란은 그치지 않았다.

*   *   *

교주가 머물고 있으며, 천마신교(天魔神敎)의 성전이랄 수 있는 교화전(敎火展)에서 비교적 멀리 떨어져 있는 모처에서 십여 명의 인물들이 모여 심각한 얘기를 나누는 중이었다.

"이번엔 틀림없다 하지 않았소이까!"

"허허, 누가 아니랍니까? 귀살천을 동원하고도 놈이 살아나다니 도저히 믿을 수 없소!"

"그나저나 큰일입니다! 천하제일살방에서, 그것도 특급 살수까지 동원했다고 하던데……. 그런데도 살아남을 만큼 강한 무공을 지녔으니, 앞으로 어쩌면 좋단 말이외까……."

그들로서는 골치가 아플 수밖에 없었다.

원래 그들 천마신교에서는 전통적으로 정도맹을 주적으로 삼고 있었지만, 실제론 흑사련처럼 밟아도 밟아도 다시

자라나는 흑도의 무리들이 훨씬 골치 아팠던 것이다.

차라리 정도맹처럼 백도의 결집체는 명분과 협의라는 굴레에서 좀처럼 벗어나지 못했기에 정면으로 승부수를 띄우면 바로 걸려들곤 했다.

하지만 흑도는 조금 달랐다.

태생 자체가 거칠고 치사한데다가 더러워서인지, 놈들은 어지간한 암계에는 걸려들지도 않고, 오히려 천마신교가 중원으로 쳐들어가면 슬그머니 뒤로 뺐다가는 나중에 정도맹과 정면 승부를 벌이고 있을 때 꼭 뒤통수를 치곤했던 것이다.

천마신교가 중원 밖으로 쫓겨난 지 근 팔백 년.

그동안 권토중래를 하겠노라 몇 번이나 쳐들어갔을까.

그동안 이런 과정을 수도 없이 겪었던 그들은 이제 흑도라면 치가 갈릴 정도였다.

이제와선 천마신교의 진정한 걸림돌은 흑도라는 얘기까지 나오고 있었다.

그렇기에 흑도가 하나로 결집될 때마다 갖은 방해를 일삼고 공작을 해서 빠른 시일 안에 자멸하거나 분열되도록 종용해 왔던 것이다.

그런데도 매번 흑도는 하나가 되었다.

이번에도 마찬가지였다.

오십여 년 전, 군산에 모여들더니 끝내 흑사련을 이루었던 놈들이다.

한데 거기에 더해 신기서생인지 뭔지 하는 놈까지 더해졌으니 골치가 아플 수밖에.

"놈의 목을 따지 않고는 아무것도 할 수 없는 것을……!"

"아무래도 흑사련이 마음먹고 키운 놈인 거 같소이다!"

"하여튼 큰일이외다. 허허, 이를 어찌한단 말이오!"

"차라리 이 기회에 군산으로 밀고 들어가면 어떻겠소?"

"큼, 교주께서 허락하실지도 의문이지만, 우리가 그러는 것을 정파놈들이 보고만 있겠소이까!"

다소 어두운 방 안에서 귀밑머리가 희끗한 노인들이 끊임없이 걱정과 성토를 하는 장면은 그다지 즐겁지 않았다.

그렇기에 한참 동안이나 지켜만 보던 사도운(司徒雲)이었다.

하지만 결국 그 역시도 끼어들지 않을 수 없었다.

"그만들 하십시오."

그가 한마디 내뱉기 무섭게 좌중은 조용해졌다.

그러곤 사도운의 얘기를 듣기 위해 귀를 기울기 시작했다.

그런 그들을 한차례 휘둘러본 연후, 사도운이 말문을 열었다.

"이미 끝난 일입니다. 어찌 되었든 놈은 살았고, 그 과

정에서 우리 측의 정보가 완전히 잘못되었다는 것이 판명
났습니다."

그곳에 있는 누구도 할 말이 없었다.

따지고 보면, 애당초 고택중이란 인물에 대한 정보를 잘
못 취합한 그들에게 잘못이 있었기 때문이었다.

다만 한 가지.

억울한 면이 아주 없지는 않았는데…….

그들을 대변할 요량이었는지, 새하얀 장삼을 걸치고 허
연 수염을 허리까지 내려뜨린 노사가 자리에서 일어나고 있
었다.

"소신이 한 말씀 올려도 될는지요?"

"말씀해 보시오."

"이번 일은 전적으로 소신들에게 잘못이 있습니다만, 그
렇다고 해도 그자의 신위는 너무나 예상 밖입니다. 나이를
헤아려 보아도 그렇고, 지난바 명성을 생각해도 그러하옵니
다. 더욱이 출신은커녕 지난날에 대한 행적도 전혀 알 수가
없으니, 곤란한 점이 한두 가지가 아닙니다."

가만히 듣고만 있던 사도운이 그의 말을 받았다.

"노사의 말씀은 틀리지 않소. 또한 그대들의 잘못보다는
계획을 잘못 세운 내게 더 큰 잘못이 있습니다. 하니, 과거
의 일은 더는 거론하지 맙시다. 대신……."

"……?"

"앞으로의 계획을 수정하는 쪽으로 방향을 바꾸면 어떨까 싶은데…… 다들 어찌 생각하시오?"

그의 물음에 모두가 고개를 갸웃하고 있을 때, 백의 노사는 만면에 미소를 머금고 고개를 주억거리고 있었다.

그런 뒤 그가 말했다.

"소신의 생각도 그러하옵니다. 아무래도 그자가 지금 있는 곳이 흑사련임을 생각하면, 그자의 출신 또한 흑도 쪽이 아닌가 하니, 이 기회에 그자를 회유하는 것도 그리 나쁜 일은 아닌 듯싶습니다."

"맞소. 내 얘기가 바로 그거요. 칼로써 해결이 안 된다면, 굳이 칼만 고집할 필요가 없다는 게 본인의 생각입니다."

끄덕끄덕.

좌중이 고개를 끄덕이며 수군거렸다.

그때 백의 노사가 다시 한 번 나섰다.

이 기회를 빌려 모두의 뇌리에 그들 모임의 취지를 확실히 하자는 생각에서였다.

"원래라면 우리가 이렇게 함께 모일 일은 없겠지요."

맞는 말이었다.

당금 천마신교의 교주를 배출한 이화태양종(離火太陽宗)과는 다른 종파 출신인 그들이 한자리에 모인다는 것은 불가능하다고 보아야 맞을 터였기 때문이다.

그런데도 지금 이 자리에 그들이 하나가 되어 비밀리에 회합을 하고 있는 것은…….

바로 천마신교의 교주 야율극(耶律極)의 독단 때문이었다.

아니, 그것은 이화태양종이 원래 가지고 있는 한 가지 사상 때문이었다.

불로써 모든 악을 제멸하고 세상을 정화한다는 사상.

그것이 의미하는 것은 오직 하나였다.

힘!

그 어떤 계교도, 암산도 필요치 않다는 다소 무식한 논리 아래, 그간 수많은 교도들이 희생되어 온 것이다.

그렇기에 모두는 나서지 않을 수 없었다.

천마신교 천 년 역사에서 초대 교주 천마를 제외하곤 가장 강하다는 평을 듣고 있는 교주 야율극과, 지난 삼백 년 간 단 한 번도 거르지 않고 교주를 배출해 온 덕에 교 내에서 가장 많은 교도를 가지고 있는 이화태양종의 성세에 밀려 비록 이렇게 음지에서 모여 일을 꾸미고 있지만, 머잖아 사도운을 중심으로 마교는 새로 태어날 것임을 믿어 의심치 않는 그들이었다.

이십여 년 전, 이화태양종을 제외한 나머지 칠대종파가 처음으로 모였을 때 내린 결론에 따라 공동전인으로 뽑힌 사도운의 신위가 이미 야율극의 그것을 넘어서고 있었기 때문이었다.

"좋습니다. 세세한 계획은 알아서 준비할 것인 즉, 모두는 더 이상 놈에게 신경 쓰지 말고 대계를 이루는 데 전념해 주길 바라겠소."

"존명!"

"존명!"

"존명!"

이미 그들에게 있어서 단 하나뿐인 태양이나 마찬가지인 사도운.

그를 향해 모두가 진심을 담아 고개를 조아렸다.

제22장
첫 경험

방은 소탈한 모습이었다.

그 흔한 장식품도 없고, 있다면 벽면에 글씨 몇 점이 걸려 있는 게 다였다.

그나마도 명필이라기보단 본인 스스로 쓴 것으로 보였다.

간어미형자상야(諫於未形者上也—아직 나타나기 전에 잘못을 고치도록 말하는 것이 가장 잘하는 일이다) 혹은, 감명칙진구부지(鑑明則塵垢不止—거울이 맑으면 먼지가 앉지 않는다)처럼 옛 명언 중에서 골라, 자신을 돌아보기 위해 쓴 것일 터였다.

싹둑.

아무도 없는 방 안에서 정도맹주의 장제자인 단목원은

분재를 다듬고 있는 중이었다.

그러던 중 그가 말문을 열었다.

"오셨으면 드실 일이지, 어찌 그렇게 서 계십니까?"

드륵.

그제야 문이 열리고, 황서지가 모습을 드러냈다.

"신 황서지, 대공자님을 뵙습니다."

싹둑.

가윗날로 소나무 분재의 가지를 쳐 내고는 돌아서는 단목원.

그가 사람 좋아 보이는 미소로 황서지를 맞았다.

"너무 그렇게 격식을 차리실 것 없습니다."

"하오나, 소신이 어찌 대공자를 뵈오며……."

그 말에 단목원은 한차례 고개를 내젓고는 말했다.

"마침 좋은 차가 들어왔는데, 함께 마실까요?"

"아닙니다. 오늘은 잠시 드릴 말씀이 있어 왔을 뿐입니다."

"그렇다면야……."

단목원이 가위를 한쪽에 내려놓으며 고개를 끄덕이자, 황서지가 잠시 망설이다가 얘기했다.

"설 군사께서 연락을 취해 오셨사온데, 어찌할까 싶어서 이렇게 오게 되었습니다."

"설 군사께서요?"

설매향이라면 현재 정도맹의 군사로 있는 자가 아닌가.

'상당히 기지가 뛰어난 인물이라 들었는데…….'

사실 단목원은 설매향을 단 한 번도 만난 적이 없었다.

그가 정도맹을 떠난 것이 오 년 전이었기 때문이다.

그 후에 설매향이 군사가 되었기에 그들 두 사람은 서로 만날 일이 없었던 것이다.

한데 갑자기 그에게 연락을 취해 오다니…….

'알 만하군.'

단목원은 대략 마음속으로 짚이는 바가 있었지만, 모른 척 물었다.

"그래, 뭐라고 하던가요?"

황서지가 얼른 대답했다.

아니, 품안에 손을 찔러 넣었다 빼더니, 서둘러 서신을 건넸다.

그걸 받아든 단목원이 단숨에 읽어 내리더니, 금세 곤란한 얼굴을 해 보였다.

그러곤 옆에서 궁금해서 미치겠다는 얼굴을 하고 있는 황서지를 보곤 단목원이 슬쩍 미소 지었다.

그가 말했다.

"아무래도 곤란한 자가 나타난 모양이군요."

"혹시……."

"……?"

"흑사련의 신기서생 고택중을 이르는 것이 아닙니까?"

"호오, 아시는군요?"

"항간에 그자에 대한 소문이 워낙 무성한지라……."

"흐음, 그 정도로 유명한 자란 말입니까?"

"대개가 허무맹랑한 얘기들인지라, 입에 담기도 민망할 지경입니다."

"뭐, 그건 그렇다 치고……."

말은 그렇게 하고 있었지만, 단목원 역시 택중에 대해 알고 있었다.

아니, 그 정도가 아니라 외모는 물론 성격, 능력까지 완벽히 꿰찼다고 할 수 있었다.

뿐만 아니라, 그에 대한 평가를 내림과 동시에 마음속으로 최우선 척결 대상으로 정해 놓은 지 오래였던 것이다.

이를 알 리 없는 황서지로선 단목원이 택중이란 인물에게 관심을 갖지 않는 걸 다행으로 여기며 다시 물었다.

"혹여 설 군사께선 대공자님께 도움을 요청하신 건지요?"

"맞소. 그자를 처리하는 데 있어서 몇 가지 않을 적어 보냈는데, 들어 보시겠소?"

"……아닙니다. 소신이 나설 일이 아닌 줄 압니다."

"그렇기야 하겠습니까? 다만, 기밀을 요하는 일인 것은 맞으니, 어지간하면 듣지 않는 쪽이 좋겠지요."

고개를 끄덕이던 황서지가 방을 나가고 난 뒤, 방 안에 혼자 남게 된 단목원이 창가로 다가섰다.

그러곤 한차례 주위를 둘러보곤 아무도 없는 것을 확인한 뒤 손가락 두 개를 입에 물었다.

순간 그의 볼이 부풀어 올랐다.

그 모습이 휘파람을 부는 듯 보였지만, 아무런 소리도 나지 않았다.

한데 그로부터 약 일각 후.

꾸이이이이이.

어디선가 매 울음소리가 들리는가 싶더니 천응 한 마리가 나타나 창문으로 날아들었다.

푸드드드득.

날갯짓을 멈추며 단목원의 어깨에 내려선 천응은 반갑다는 듯 머리를 비벼 댔다.

"하하! 녀석하고는……. 그래, 잘 지냈느냐?"

마치 천응이 말귀를 알아듣기라도 한다는 듯 묻던 단목원이 한순간 눈을 빛냈다.

이어 그는 품 안에서 손가락만 한 대나무 전통을 꺼내어 뚜껑을 열고는 그 안에 서신을 집어넣었다.

이미 이런 일이 있을 줄 알고서 며칠 전 미리 써 놓았던 서신.

푸드드드득.

다시금 천응이 날개를 펼쳐 창문을 빠져나가는 걸 보면서 단목원은 입가를 말아 올렸다.

어느새 그의 얼굴에 비릿한 미소가 번져 가고 있었다.

"버러지 같은 놈들은 서슴없이 쳐 낼 일이지."

벌레를 먹거나 말라비틀어진 가지를 쳐 내는 것만이 소나무가 항시 푸를 수 있는 유일한 길인 것처럼.

단목원의 눈가에 기광이 어렸다가 사라졌다.

*　　　*　　　*

툇마루 끝에 엉덩이를 반쯤 걸쳐 앉아 깊은 생각에 잠겨 있던 택중은 누가 다가오는 것조차 알아채지 못했다.

"고 공자님?"

은설란이 바로 코앞까지 이르렀을 때야 택중은 고개를 쳐들었다.

"어? 언제 왔어요?"

"……아까부터 불렀잖아요."

"에고, 미안해요. 그런 줄도 모르고……."

"아뇨, 괜찮아요. 그런데, 무슨 생각을 그렇게 골똘히 하세요?"

택중의 바로 옆에 앉으며 그녀가 묻자, 택중이 씁쓸한 얼굴이 되어 말문을 열었다.

"지난번에 잡힌 복면인이 어째서 자결했을까 생각하는 중이었어요."

"살수들에게선 통상 일어나는 일이잖아요?"

"예, 그렇게 들었어요."

무협 영화나 무협 소설에서도 심심치 않게 등장하는 애기이고 해서 이제는 별로 놀랍지는 않다.

그런데도 그가 이처럼 심각한 얼굴을 하고 있는 덴 다 이유가 있었다.

"그자가 죽은 건 뭔가 지킬 만한 비밀이 있다는 얘기잖아요. 게다가 같이 온 자들은 일이 실패했다는 걸 알자마자 독단을 깨물었다면서요?"

"그랬어요. 그날 그자라도 잡을 수 있었던 건 고 공자님의 활약 덕분이었을 뿐이에요."

사실 택중이 당시 복면인을 이기지 못했다면 애당초 생포하지도 못했을 게 틀림없었다.

그만큼 놈들은 철저하게 기밀을 지키는 놈들이니까.

그것이 설사 자신들의 죽음을 대가로 요구한다 하더라도.

그렇기에 그자도 뇌옥에 갇힌 지 겨우 한나절 만에 자살했던 게 아닌가.

은설란과 얘기를 나누는 사이 더욱 더 얼굴이 어두워진 택중이 불쑥 물었다.

"제가 그렇게 나쁜 짓을 한 건가요?"

"왜 그렇게 생각하는데요?"

오히려 되물어 오는 은설란.

그녀를 물끄러미 바라보던 택중이 가볍게 고개를 내저었다.

"아뇨, 딱히 이유가 있는 건 아닌데요……."

말끝을 흐리던 그가 속내를 털어놓기 시작했다.

"아무래도 전 중원이 절 미워하는 거 같아서요."

"저희 흑사련은 그렇지 않은데요?"

"예, 흑사련만 빼고요."

"……."

아니라고 말해 줄 수 있으면 좋으련만, 위로를 하기는커녕 아무런 말도 하지 못하는 은설란이었다.

때문에 집안엔 무거운 침묵이 내려앉고 말았다.

그렇게 얼마나 시간이 흘렀을까.

은설란이 갑자기 자리를 박차고 일어나더니, 기지개를 폈다.

"아! 날씨 참 좋네요."

"……그러네요."

"저기, 고 공자님?"

"예?"

"우리 바람 쐬러 갈래요?"

"……바람?"

"그래요. 진 소저랑 옥 소저랑 전부 불러서 나들이 가요."

"나, 나들이요?"

난생 처음 들어 보는 말이었다.

정말 나들이란 말을 몰라서가 아니라, 누군가 자신에게 그런 제안을 하는 걸 들어 본 게 처음이란 뜻이다.

아니, 그런 게 있다는 건 알고 있었지만 실제로 해 본 적이 없다는 게 정확한 표현일 터였다.

그렇기 때문에 두려웠던 걸까.

아니면 그 생소함에 어찌할지 몰랐던 걸까.

택중은 망설일 뿐 대답하지 않았다.

그러자 은설란이 기다리다 못해 소리쳤다.

"그럼, 기다리세요. 제가 모두에게 연락할게요."

밖으로 튀어 나가며 그녀가 이어 외쳤다.

"그럼, 반 시진 후에 다시 올게요!"

뭐라고 말하기도 전에 현관문을 열고 사라지는 은설란을 보다가 택중이 고개를 내젓고 말았다.

'뭔가 많이 밝아진 건 좋은데…….'

요사이 눈에 띄게 쾌활해진 은설란.

그녀의 모습이 나쁜 건 아닌데, 그 때문에 곤란한 상황이 늘어만 가고 있었다.

"그, 그럼 한 번 가 볼까?"

갑자기 그의 일상 속으로 쳐들어온 나들이란 놈을 맞아, 택중은 자기도 모르게 설레는 마음을 품게 되었다.

뭐부터 준비해야 할지 몰라 안마당을 서성이던 그가 눈을 번쩍 뜨곤 부엌 쪽으로 달려가고 있었다.

*　　*　　*

복도 쪽에서 다급한 발소리가 이어지더니, 문짝이 거칠게 열렸다.

이어 수하가 뛰어 들어왔다.

"목표가 흑사련을 벗어나려 한다는 보고입니다!"

"그래?"

정도맹 악양지부장 손마량은 자리에서 벌떡 일어나며 믿을 수 없는 눈을 해 보였다.

'설마, 설마 했는데, 정말 그들이 흑사련 밖으로 나올 줄이야!'

손마량은 그저 놀랄 수밖에 없었다.

'과연 신산귀계라 할 수 있구나!'

그의 뇌리에 한 사람의 얼굴이 스쳐 갔다.

매년 정월 보름, 정도맹이 있는 무한으로 가곤 하는데, 그때 보았던 삼십대 초반의 인물이 머릿속에 떠오른 것이다.

영준한 얼굴의 사내, 신산과 귀계로 유명한 군사 설매향.

바로 그였다.

사실 이번에 설매향에게서 지시를 받았을 때만 해도 손마량은 믿지 않았었다.

악양과 동정호 일대에 천망(天網)이라 칭하는 포위망을 형성하고, 군산에 또다시 지망(地網)이라고 해서 포위망을 만든 후 흑사련 내부에 이미 침투 중인 간자들을 중심으로 인망(人網)을 구성하라는 주문이었다.

그렇게 함으로써 언제든 신기서생 고택중이 흑사련을 벗어나는 순간 포위망을 가동하라는 것이었다.

간단히 말해서 목표가 천망 혹은 지망에 걸려드는 순간, 다른 두 개의 망도 함께 발동해 목표를 철저하게 흑사련 본진과 격리해, 필멸한다는 계획.

말은 간단하지만, 실제로 그런 일이 벌어졌을 때 목표가 된 자는 실로 무서운 경험을 하게 될 그런 작전이었다.

아니, 반드시 죽음에 이르게 되는 사진(死陣)이었다.

그러나 여기엔 큰 결함이 있었다.

목표, 즉, 고택중이 흑사련을 나오지 않는다면 전혀 소용없는 작전이었던 것이다.

더 큰 문제는 인적 자원과 병참 물자의 한계로 인해 그리 오랫동안 천지인이라고 칭한 포위망을 유지할 수 없다는 데 있었다.

그렇기에 손마량은 위쪽에서 내려온 지시에 따르면서도 회의적일 수밖에 없었다.

한데 정말 고택중이 밖으로 나오고 이제 참룡계(斬龍計)라 칭해진 작전을 수행하게 되었으니 어찌 놀라지 않을 것인가.

'과연 군사이시군!'

한차례 고개를 끄덕인 뒤 손마량이 외쳤다.

"참룡계를 발동한다!"

이어 그가 지시했다.

"무한에 전서구를 띄워라!"

"존명!"

급히 자리를 떠서 밖으로 뛰쳐나가는 수하를 바라보면서 손마량이 눈을 번뜩였다.

*   *   *

무슨 일이든 처음은 있는 법.

특히나 그것이 지금과 같은 경우라면 마음이 들뜨지 않는 게 더 이상할 터였다.

두근두근.

일행들과 함께 점차 다가오고 있는 마차를 기다리면서 택중은 아까부터 가슴이 쿵딱거리는 걸 주체할 수 없었다.

그럴 수밖에.

그로서는 그야말로 첫 경험이었기 때문이다.

이윽고 마차 한 대가 택중의 집 앞에 오더니 섰다.

마부석엔 무치가 앉아 있었다.

"호오, 꽤 쾌적해 보이네!"

진수화가 즐겁다는 듯 외치고, 그 옆에서 옥란이 말없이 고개를 끄덕였다.

은설란이 나서며 택중에게 말했다.

"자, 타세요."

고개를 끄덕인 뒤에도 선뜻 마차에 오르지 못하고 택중이 침을 삼켰다.

그때였다.

탁!

진수화의 손이 택중의 등짝을 가볍게 쳤다.

와락 밀린 그가 얼떨결에 마차에 오르자, 진수화가 피식 웃으며 말했다.

"이러다간 해가 질지도 모른답니다."

"아…… 그, 그렇죠."

민망해진 택중이 한 손으로 머리를 긁적였다.

그 뒤로 옥란과 은설란이 마차에 올랐다.

함께 기다리던 흑사련의 무사들이 택중이 준비한 물건들을 마차 뒤쪽의 짐칸에 싣고 있었다.

옥란이 지고 온 보따리까지 실으니 짐칸이 터져 나갈 판
이었다.

"뭐가 저렇게 많아요?"

진수화가 묻자, 택중이 빙그레 웃었다.

"나중에 보면 알아요."

"흐음…… 깜짝 선물? 뭐, 그런 건가?"

그녀가 고개를 갸웃거리고 있을 때 택중이 고개를 창밖
으로 빼곤 경비를 서는 무사들에게 손을 흔들었다.

그러곤 말했다.

"그럼, 잘 좀 부탁할게요."

진심이 가득 담긴 인사에 무사들은 얼떨결에 마주 고개
를 숙였다.

'호오! 예의 바른 분일세.'

'련주님까지 오가시는 걸로 보아, 대단한 분이실 텐
데…… 우리 같은 하급 무사들에게까지…….'

감탄하는 그들을 뒤로하고 드디어 마차가 출발했다.

다그닥다그닥.

말들이 움직이기 시작했지만, 택중은 여전히 집 쪽으로
향한 눈길을 거두지 못했다.

'괜찮을까?'

그는 내심 불안했다.

하지만 딱히 훔쳐 갈 만한 것도 없으니 괜찮을 터.

이미 황금은 현대로 옮겨 간 뒤이고, 그동안은 무공 수련을 하느라 그다지 물건을 많이 팔지 못해서 번 것도 얼마 되지 않았다.

그나마도 전부 빚으로 깔아 놓아서 다락방을 텅 비어 있었던 것이다.

그런데도 불안한 건 왜일까?

아마도…….

'이곳에 와서 이렇게 오랫동안 집을 비우는 게 처음이라서 그런가? 에라! 모르겠다.'

이미 내친걸음.

이제 와 돌아본들 뭐가 달라질까.

택중은 이내 고개를 내저으며 미련을 버렸다.

'그래, 오늘은 다른 생각 말고 즐기자!'

까짓 무슨 일이 생겨 봐야 뭐 그리 대단한 일이 벌어질 거라고…….

이런저런 생각에 그가 안절부절 못하고 있자, 보다 못한 진수화가 한마디 했다.

"왜 그래요? 꼭 똥마려운 강아지처럼."

"쯧, 꼭 말을 해도."

택중이 쳇! 하며 고개를 돌려 마부석으로 한마디 던졌다.

"무치 씨! 멀미 안 나게 잘 좀 부탁해요!"

마부석에 앉아 있던 무치가 힘차게 대답했다.

"예."

참으로 무뚝뚝한 사내였다.

*　　　*　　　*

지붕 위에 납작 엎드려 마차가 멀어지는 걸 확인한 공달이 비릿한 미소를 지어 보였다.

'흐흐흐. 나 추풍객 공달! 내 사전에 포기란 없다!'

공달은 담장을 에워싼 채 경계를 늦추지 않는 무사들을 한차례 휘둘러보며 피식 웃었다.

'백날 지켜봐라! 그런 식으로 내 옷깃 하나 볼 수 있는가!'

추풍객 공달.

그는…… 마음만 먹으면 아미파의 장문인인 해연신니의 속곳조차 훔쳐 낼 수 있는 자였다.

그가 이윽고 움직이기 시작했다.

지붕 위에서 기왓장을 들춰낸 그는 재빨리 안쪽으로 스며들었다.

그러곤 천장을 기어가다가 자신이 예전에 내어놓은 구멍을 통해 안쪽에 사람이 없는 것을 다시 한 번 확인했다.

만족스러운 미소를 띠던 그가 신형을 흔들었다.

휘리릭.

표홀하기 짝이 없는 움직임으로 안방에 내려선 그가 서둘러 사방을 살폈다.

그러다가 그의 눈에 가지런히 쌓여 있는 책들이 비쳤다.

절대무쌍 4권

'흠, 이 권과 삼 권도 어딘가에는 있을 텐데?'

공달은 조심스럽게 방 안을 뒤지기 시작했다.

'내가 다녀간 흔적을 남겨선 안 된다.'

그야말로 그림자처럼 움직이던 그가 일순 눈을 빛냈다.

휙휙휙.

어느새 그의 손에는 절대무쌍 2, 3, 4권이 들려 있었다.

바로 그때였다.

덜컹덜컹.

현관문 쪽에서 소리가 들렸다.

'응? 누구지?'

공달의 눈썹이 긴장으로 치켜졌다.

그 순간, 문이 열리는 소리가 났다.

벌컥.

이어 누군가 후다닥 뛰어드는 소리가 이어졌다.

깜짝 놀란 공달이 최대한 은밀하게 도약했다.

휘이익!

바람처럼 빠르게 천장으로 올라간 그는 뒤도 돌아보지 않고 지붕 위로 올라 사라졌다.

잠시 뒤, 화장실에서 나온 갈천성이 탄성을 내뱉었다.

"아, 시원하다! 역시 여기가 아니면 잘 안 나온단 말이야!"

갈천성이 시원한 표정을 지어 보이며 부엌 쪽으로 향했다.

그러곤 서슴없이 냉장고 문을 열어 물병을 꺼냈다.

쪼르르르.

물컵에 가득 따른 뒤 주욱 들이킨 그가 피식 웃었다.

"왜 자꾸 문은 잠그나 몰라, 귀찮게 시리. 허허허! 물맛 좋다!"

택중이 비우고 간 한옥.

갈천성은 제집처럼 편안한 기분을 느끼며 드러누웠다.

뻥 뚫린 마당 위로 시리도록 푸른 하늘이 펼쳐져 있었다.

        *   *   *

어느 틈에 택중의 옆에 자리를 잡고 앉아 있던 진수화가 맞은편의 옥란에게 은밀히 전음을 보냈다.

—아무래도 수상하지?

—예.

─그렇잖아? 갑자기 나들이라니. 척 봐도 뭔가 있어 보이지 않아?

─예.

─그럼 어쩐다? 일단 지켜보기로 할까?

─예.

─그 말밖에는 할 줄 몰라?

─예.

대답했다가 이내 고개를 내젓는 옥란이었다.

그러곤 재빨리 전음을 보냈다.

─부도독님…….

─응? 왜? 뭔가 생각나는 게 있어?

─그게 아니라…….

옥란이 슬며시 고갯짓을 했다.

그제야 진수화는 은설란이 자신을 차갑게 바라보고 있다는 걸 깨달았다.

'……들킨 건가?'

뜨끔한 진수화가 은설란을 향해 활짝 웃어 보였다.

빠직.

하지만 은설란으로선 그게 더 부아가 치민 모양이었다.

'어째서?'

진수화가 의아해했지만, 현재의 그녀로서는 죽었다 깨어나도 모를 이유가 은설란에게 있었다.

슬그머니 택중에게 몸을 밀착한 채 실실거리며 웃고 있는 진수화가 은설란이 그렇게나 보기 싫었던 것이다.

게다가 택중은 뭐가 좋은지 헤헤거리고 있었다.

홱!

고개를 돌린 은설란이 창가 너머 풍경에 시선을 고정했다.

그때 진수화는 진수화대로 머리를 굴리는 중이었다.

'저년은 도대체 왜 저러지? 그리고 정말 이것들이 대체 무슨 바람이 불어서 이런 짓을 하는 거야? 흠, 틀림없이 뭔가 있는데? 깔깔깔, 좋아! 어디면 어때? 찰떡처럼 붙어서 쫓아가 주지!'

뭘 생각하는지 실실거리는 진수화를 택중이 희한하다는 듯 바라보았다.

그러곤 슬쩍 엉덩이를 띄워 옆으로 살짝 움직였다.

예전에도 느꼈지만, 정상은 아닌 것 같다는 생가에서였다.

그러다가 진수화와 눈이 딱 마주치자, 민망해진 택중은 어색하게 웃고 말았다.

"호호호호, 우리 고 공자님, 뭐가 그리 좋으셔서 그렇게 웃으실까?"

"하하하하, 그야······. 진 소저를 만나고 보니 절로 웃음이 나지 뭐예요?"

"어머나! 저랑 꼭 같네요. 어쩜 우린 이렇게 같을까요?"

"헤헤헤, 그러게 말이에요!"

호호하하!

웃음과 함께 대화는 그들 두 사람을 은설란이 흘겨보았고, 옥란은 옥란대로 그들에게서 눈을 떼지 못하고 보았다.

'하아……. 부도독님, 그렇게까지 하셔야 해요?'

두 사람이 어떤 생각을 하는지도 모른 채 진수화와 택중은 연방 싱글벙글 웃으며 얘기를 나누고 있었다.

밖에선 마부석에 앉은 무치가 힘차게 소리 질렀다.

"으랏!"

마차가 쭉쭉 앞으로 나아가기 시작했다.

*   *   *

마차가 멈춰선 것은 나루터가 보이는 언덕에 이르러서였다.

언덕이라곤 하지만, 수풀에 둘러싸인 제법 너른 공터라 할 수 있었다.

"워워워!"

무치가 말을 세우자, 은설란이 창밖을 슬쩍 내다보더니 택중에게 물었다.

"어쩔까요?"

"뭘요?"

"점심때가 가까워졌는데, 여기서 식사를 하고 갈까요? 아니면, 배에 타서 할까요?"

잠시 생각에 잠기던 택중이 대답했다.

"혼잡한 데보단 한적한 곳이 낫겠죠."

그러자 은설란이 활짝 웃으며 문을 열고 마차 밖으로 나갔다.

그러곤 무치에게 말했다.

"여기서 식사하고 가죠."

"알겠습니다."

무치가 마차에서 말들을 풀어 근방의 나무에 묶기 시작했다.

그사이 은설란이 자신이 가져온 건포를 주욱 찢어서 택중에게 내밀었다.

그걸 받아들 생각은 않고 택중이 물끄러미 내려다보았다.

'아니, 갑자기 육포는 왜 주는 거지?'

그로서는 이상하기만 했던 것이다.

그때였다.

"어머? 고 공자님은 노숙이 처음이신가 보네요?"

'호오……! 무공은 익혔으되, 강호행은 처음이라 이거지?'

택중이 뭐라고 하기도 전에 은설란이 끼어들었다.

"고 공자께선 워낙에 곱게 자라신 분이시니까요."

"아아, 그렇군요! 고 공자께서는 정말 대단한 집안 출신이신가 봐요?"

'연막을 치시겠다? 웃기지 말라 그래! 내가 이래 봬도 금의위 부도둑이거든!'

그렇게 진수화가 살살 긁으며 물었지만, 소용없었다.

"그냥 그렇게만 알아주세요. 더 이상 물으시면 곤란해요."

단박에 말을 잘라 버린 은설란이 택중의 얼굴을 한차례 보곤,

"꽤 맛있는 건포예요. 냉차도 준비했으니 마셔 가면서 먹어요."

이렇게 말하고 있었다.

"호호호호, 나들이라더니 겨우 건포를 먹자는 건가요?"

진수화가 깔깔거리자, 은설란이 그녀를 째려보았다.

웃음을 멈춘 진수화도 지지 않고 그녀를 흘겼다.

빠지직.

두 눈에 불꽃을 튀기는 두 사람이었다.

"그럼, 이제 어쩌죠? 국이라도 끓일까요? 아니면 그냥 건포를 먹을까요?"

분위기가 험악해지는 걸 보다 못한 옥란이 조심스레 물었다.

"당연히 국이지!"

"건포로 하죠!"

의견 일치를 보지 못하는 두 여인, 은설란과 진수화였다. 은설란이 소리쳤다.

"산중에서 불을 피우다니요! 적들이 알면 어쩌려고!"

"여기가 산중인가요? 그리고 적이라니…… 혹시 싸움하러 가시는 중이었어요?"

"흥! 말이 그렇다는 거죠! 그런 건 상식이잖아요! 무엇보다도 무인의 자세 문제란 얘기. 당연히 건포로 견디는 근성쯤은…… ."

"호오, 근성……? 쓸데없는 데에서 고집을 부리시네요. 정말 위기 상황에서 근성을 발휘하려면 평상시에 잘 먹고 잘 쉬어서 체력을 길러 두는 게 맞지 않아요?"

"그럼 이건 어때요? 조금 있으면 곧 배를 타야 하는데, 언제 국을 끓여서 먹고 있을 거죠?"

"흥! 배가 하나뿐인가? 까짓거 조금 더 기다렸다가 다른 걸 타면 되는 거지! 안 그러니 옥란아?"

"이잇!"

"흥!"

옥신각신하던 두 사람은 결국 각자 알아서 식사를 준비하기로 했다.

진수화는 옥란이 지고 있는 짐 보따리를 풀더니 작은 솥을 꺼냈다.

그러곤 주위에서 마른 가지를 주워와 불을 피웠다.

익숙한 것처럼 말하던 것과 달리 불을 피우는 내내 연기 때문에 기침을 하고 얼굴에 온통 검댕을 묻히고야 불꽃을 피워 내는 그녀였다.

하기야 금의위의 부도독인 그녀가 언제 한번 모닥불을 피워 보았겠는가.

원래대로라면 그녀의 수하라 할 수 있는 옥란이 할 일이 었지만, 지금은 옥란이 물을 길어 오려고 자릴 비운 탓이었다.

아니, 설사 이곳에 옥란이 있다고 하더라도 진수화는 자신이 직접 하겠다고 고집을 부렸을 터였다.

이유?

간단하다.

은설란이 지켜보고 있었으니까!

'흥! 건방진 계집!'

진수화가 무려 이각에 걸쳐 모닥불을 피워 냈을 때, 옥란이 돌아왔다.

물을 담아 온 솥단지를 모닥불 위에 걸고, 그들은 건포와 함께 소금을 집어넣고 팔팔 끓이기 시작했다.

그런 그들을 바라보며, 은설란과 무치가 건포를 질겅질 겅 씹어 댔다.

그때였다.

택중이 움직였다.

한동안 진수화와 옥란, 그리고 은설란과 무치가 하는 꼴을 보다가 마침내 움직이기 시작한 것이다.

진수화가 끓이고 있는 솥단지 쪽으로 간 그는 눈을 깜빡이다가 손을 내밀었다.

"……?"

의아해진 옥란이 쳐다보자, 택중이 수저를 달라고 했다.

그러곤 국을 한 숟갈 떠먹어 보더니 얼굴을 와락 일그러뜨렸다.

"으엑!"

정말 토할 것은 표정을 지은 뒤, 그가 말했다.

"조금만 떠 갈게요."

못 먹을 걸 입에 댔다는 표정을 하더니, 조금 달란다.

진수화가 의아해하고 있을 때, 택중은 자신의 가방에서 뭔가를 주섬주섬 꺼내기 시작했다.

대접처럼 생긴 그릇이 모습을 드러냈다.

그릇의 위쪽엔 화려하게 면발이 그려진 뚜껑이 붙어 있는 게 아닌가.

XXX면.

선명하게 적혀진 글자였지만, 당연히 누구도 읽지 못했다.

그러니 옥란으로선 그게 뭔가 싶어서 고개를 갸웃거릴 따름이었다.

그러거나 말거나 택중은 뚜껑 끝을 잡더니 주욱 잡아 반쯤 뜯어내는 게 아닌가.

'어머나! 종이였나?'

옥란이 놀라워할 때 택중이 그녀의 손에서 국자를 빼앗아 솥단지에서 국 한 그릇을 떠냈다.

그러곤 대접을 닮은 하얀 그릇에 붓는 게 아닌가.

"육수는 육수니까. 히히히!"

그러곤 스프를 뜯어 그 안에 뿌렸다.

이어 재빨리 뚜껑을 덮는 그였다.

얼마 후, 택중이 말했다.

"다 익었겠다! 흐흐흐……."

그는 종이에 감싸진 길쭉한 무언가를 꺼내더니 주욱 찢었다.

놀랍게도 그가 꺼낸 것은 약간의 힘을 주자, 젓가락으로 변했다.

"어머!"

"헛!"

"뜨악!"

"······!"

여인들 셋은 물론이고 무치까지도 놀라는 사이, 택중은 젓가락을 손바닥 사이에 낀 채 파라락 비볐다.

그러더니 만족한 미소를 지으며 흰색 그릇에서 종이만큼 얇은 뚜껑을 거침없이 뜯어내는 게 아닌가.

이어 그릇 안을 향해 젓가락을 푹 찌르더니,

"후루루루루룩!"

새빨간 국물을 흘리며 면발들을 입안에 밀어 넣기 시작하는 택중이었다.

"······!"

"······!"

"······!"

"······!"

궁금해 미칠 지경이 된 진수화가 물었다.

"그, 그게 뭐죠?"

"응?"

택중이 면발을 입에 문 채 그녀를 보았다.

'이것도 모르느냐?' 라는 얼굴이었다.

그러더니 그가 불쑥 말했다.

"컵라면이요."

"커, 컵라면?"

난생처음 들어 보는 거다.

그러나 한 가지만은 알 수 있었다.

'저게…… 라…… 면?'

"꿀꺽!"

"꿀꺽!"

"꿀꺽!"

은설란, 진수화, 옥란이 동시에 침을 삼켰다.

한번도 라면을 먹어 본 적이 없는 무치만 말없이 지켜볼 따름이었다.

그런 그들을 향해 택중이 물었다.

"먹을래요?"

끄덕끄덕!

머리가 떨어져라 고개를 흔드는 그들, 세 사람.

택중이 빙그레 웃었다.

"백 냥……."

"……!"

"……!"

"……!"

철렁한 눈길이 된 그들에게 택중이 인심 쓰듯 말했다.

"그냥 줄게요."

중원 첫 나들이에 인심이 후해진 그였다.

잠시 후 컵라면을 마주한 네 사람이 막 젓가락을 들었을 때였다.

반짝.

언덕을 둘러싼 숲속에서 무언가 반짝였지만, 먹는 데 정
신이 팔린 탓인지 누구 하나 알아차리지 못했다.

제23장
참룡계

악양 쪽의 어느 강변에서는 손마량이 막사 안에 앉아 초조한 표정을 지우지 못하고 있었다.

그때였다.

휘장이 걷히며 부장 하나가 뛰어 들어왔다.

"목표가 나루터 위쪽 언덕에 있다는 보고입니다!"

"……드디어 왔군!"

"어찌할까요?"

"흠……."

"막바로 작전에 돌입할까요?"

잠시 생각에 잠기던 손마량이 손을 내저었다.

"아닐세. 좀 더 깊숙이 끌어들인 뒤 시작하세."

"하면?"

"우선 그들이 하는 양을 조금만 더 지켜보도록 하지."

어차피 여기까지 왔으면 그물에 걸린 물고기나 마찬가지.

천지가 개벽해도 절대로 세 겹에 걸쳐 펼쳐진 그물에서 그들은 도망가지 못할 테니까.

"것보다는 먼저 지망을 가동시키게."

"인망은 놔두고 말입니까?"

"인망은 일단 놔두기로 하지. 자칫 흑사련 놈들이 알아차릴 수도 있으니……."

만일의 경우 목표가 거기까지 도주했을 때에 가동해도 늦지 않을 터다.

물론 그런 일은 절대로 벌어지지 않겠지만…….

"알겠습니다! 곧바로 지망을 가동하겠습니다!"

부장이 막사를 뛰쳐나간 뒤, 손마량이 만족스러운 웃음을 지어 보였다.

이로써 마침내 출세가도를 달릴 수 있게 되었음을 자축하는 웃음이었다.

*　　　*　　　*

컵라면으로 간단히 식사를 마친 후 모두는 마차에 다시 탔다.

"이럇!"

힘찬 무치의 외침과 함께 언덕을 내려가기 시작하는 마차.

그로부터 일각여 뒤, 그들은 마침내 나루터에 도착할 수 있었다.

"마차까지 타실 분들은 이쪽에서 기다려 주십시오!"

어디선가 우렁찬 외침이 들려와 바라보니, 거기엔 다섯 대의 마차가 먼저 온 순서대로 서있는 게 아닌가.

"저리로 가죠."

은설란이 지시하자, 무치가 마차를 몰았다.

히이이잉.

그들이 탄 마차가 여섯 번째로 줄을 서고 난 후 다시 일각을 기다리자, 마차 열 대는 족히 들어갈 만큼 거대한 배한 척이 들어오는 게 보였다.

'여기에도 저렇게 큰 배가 있구나!'

택중이 고개를 끄덕거리고 있을 때였다.

"혹시 고 공자께선 배를 처음 타시는 건가요?"

진수화가 짓궂은 표정과 함께 물어오고 있었다.

그 얼굴을 보곤 택중은 뜨끔해져서 고개를 끄덕였다.

"그렇긴 한데…… 그게 무슨 문제라도 되나요?"

"글쎄요. 문제가 될 수도 있고, 안 될 수도 있고……."

말끝을 흐리면서 안쓰럽다는 표정을 짓는 진수화였다.

그게 더 불안해져서 택중이 고개를 돌려 은설란을 찾았다.

한데 은설란 역시 이상한 표정을 짓고 있는 게 아닌가?

뭐랄까.

몹시 미안하다는 얼굴이었다.

"……왜들 그러는데요?"

택중이 물었지만 모두가 외면하고 있었다.

차마 말할 수 없다는 표정만 할 뿐이었다.

한데 그곳엔 딱 한 사람 눈치라곤 눈곱만치도 없는 자가 있었으니…….

"멀미할까 봐 그러는 겁니다."

홀라당발라당 까발리고 마는 무치였던 것이다.

여하튼지 간에 뜨악한 표정이 된 택중이 사색이 되어 침을 삼켰을 때였다.

"순서대로 천천히 오르시오!"

안내를 하는 사람이 나와서 깃발을 들어 올리고 있었다.

히이이잉!

이윽고 가장 앞쪽에 있는 마차가 움직이기 시작했다.

잠시 후 일행을 태운 마차도 배에 오르게 되었다.

"출항합니다!"

다시금 깃발이 펄럭이고 노를 젓는 자들이 힘을 쓰기 시작하자, 배가 천천히 뭍에서 멀어지기 시작했다.

그리고 그로부터 얼마 뒤였다.

"우엑!"

마차에서 내린 누군가가 격렬하게 토하기 시작했다.

그 뒤에서 등을 토닥거려 주는 택중이었다.

"우어억!"

진수화에 이어 이번엔 은설란까지 토하자, 택중의 손길이 분주해지기 시작했다.

난간을 잡고선 강물에 대고 토하고 있는 두 여인을 양쪽에 끼고선 등을 두드려 주느라 눈코 뜰 새 없이 바빴던 것이다.

바로 그때, 또 한 사람이 토악질을 시작했다.

"웩!"

옥란이었다.

손이 모자라던 택중의 시선이 절로 무치에게 가 닿았다.

그나마 무치만이 정상적인 얼굴로…….

'응? 한데, 왜 저렇게 얼굴이 파랗지?'

그 순간이었다.

무치가 갑자기 뛰기 시작했다.

그렇게 어디론가 달려가던 그는 돛대에 이르러 이마를 크게 들이받았다.

쿵! 쿵! 쿵! 쿵!

두께가 한 아름이나 되는 돛대가 흔들거릴 정도로 거칠

게 박아 대는 무치였다.

그런 그를 택중이 망연자실 쳐다보았다.

*　　　*　　　*

택중을 제외한 모두는 기진맥진한 상태였다.

배에 오르기 전 먹은 컵라면은 물론이고, 속에 든 것은 모조리 토해 낸 그들이었다.

조금 안정되는가 싶어 뱃전에 앉아 있다가도 또다시 울렁거려 난간으로 달려가 토하길 수차례. 이제는 아예 난간에 들러붙어 매달려 있다시피 했다.

물론 무치는 조금 다른 양상을 보였다.

처음에 토할 것 같았던 때에 미친 소처럼 돛대를 들이받던 그는 결국 실신하고 말았던 것이다.

괴로우면 괴로울수록 대자로 뻗은 채 드러누워 있는 그가 부럽다는 듯 쳐다보는 세 여인.

그녀들에게 택중이 위로의 말을 건넸다.

"조금만 더 견뎌 봐요. 고수들이 이러면 안 되잖아요? 아니면 내공이라도 일으켜서……컥!"

눈빛으로도 사람을 죽일 수 있을지도 모른다는 생각이 들 만큼 매섭게 쏘아보는 세 사람.

그녀들에게서 천천히 물러나며 택중이 눈을 껌뻑거렸다.

"그, 그러니까 그게……. 아! 그렇지! 그게 있었지!"

그러다가 갑자기 떠올랐는지, 마차 안으로 뛰어가는 게 아닌가.

조금 있다가 다시 마차에서 나온 그가 그녀들에게 쪼르르 달려왔다.

그러곤 손을 내밀었다.

거의 반쯤 정신이 나간 여인들 중 그나마 나았던 진수화가 바라보니, 택중의 손위에는 철전보다 조금 작은 크기의 종이 같은 게 놓여 있었다.

'그게 뭐죠?'

말도 못하고 눈빛으로 그렇게 묻자, 택중이 대답했다.

"키미테인데요?"

"……?"

"멀미약이에요."

"……!"

놀란 눈빛이 된 진수화.

하지만 곧이어 그녀는 분노로 얼굴이 시뻘게져서 광분하기 시작했다.

"으아아아아아아아아!"

그런 그녀가 두려워져 다시금 뒤로 훌쩍 물러나면서 택중이 중얼거렸다.

"고수가 멀미를 할 줄 알았나 뭐."

그러면서 반 시진 전에 귀밑에 붙여 둔 멀미약을 매만지는 그였다.

*　　　*　　　*

대저 세상사란 마음먹은 대로 되는 일이 오히려 적은 법이던가.

하루만 바람을 쏘이고자 나왔던 길이건만, 나들이는 엉망이 되어 버렸다.

'라면 탓인가?'

아무래도 자신과는 달리 라면에 익숙하지 않아서 그런 게 아닌가 싶은 택중이었다.

이유야 어찌 되었든, 배에 오르기 반 시진 전에 귀밑에 키미테를 붙였던 택중을 제외하곤 모조리 뻗어 버린 시점에서 계획은 변경이 불가피하게 되고 말았다.

'어쩌지?'

마차를 몰 사람은 대자로 뻗어서 실신해 있었고, 나머지 세 여인은 난간을 붙잡고 움직일 기미를 보이질 않고 있었다.

이 상태대로라면 오늘 안으로 돌아가긴 힘들 거 같았다.

'일단은 배에서 내리는 게 낫겠다.'

원래대로라면 동정호를 유람하는 배 안에만 있다가 다시

아까의 나루터로 돌아오기로 되어 있었다.

한데 상황이 상황인 만큼 동정호 건너편에 배가 닿았을 때 내리기로 결정한 것이다.

그로부터 얼마 뒤.

"악양입니다!"

선주가 외치는 소리에 택중이 마른 침을 집어삼켰다.

'하, 할 수 있을까?'

거의 시체나 다름없는 꼴이 되고만 네 사람을 낑낑대며 마차 안에 실은 것까지는 좋은데…….

'제발 내 말을 잘 들어야 할 텐데…….'

마부석에 앉은 택중은 긴장할 수밖에 없었다.

그나마 여기까지 오면서 본 게 있는지라 그가 소리쳤다.

"이럇!"

동시에 채찍을 후려치자, 말들이 일제히 히힝거렸다.

그러곤 천천히 움직여 배에서 내려가기 시작하는 게 아닌가.

"오오! 된다, 돼!"

기쁜 듯 소리치는 택중을 다른 사람들이 쳐다보고 있었지만, 그게 무슨 상관인가!

'나, 마차에도 소질 있는 거야? 그런 거야?'

"음하하하하하!"

미친놈처럼 웃어 젖히는 그를 배 안의 누군가가 날카로

운 눈으로 응시하고 있었다.

＊　　　＊　　　＊

"악양 나루터에 내렸다는 보고입니다."

"그렇단 말이지?"

턱을 쓰다듬으며 생각에 잠기는 손마량이었다.

'대체 어디를 가려는 거지?'

지난번에 택중의 암살 건 때문에 흑사련의 경계가 강화되는 바람에 정확한 이유까지는 알지 못했던 터다.

망설이지 않을 수 없었다.

'확 지금 쳐 버릴까? 아니면…….'

곧이어 손마량이 물었다.

"신기서생을 제외한 일행의 무공이 어느 정도 된다고 했지?"

"일류급이 셋, 절정급이 하나인 걸로 추정됩니다."

"상당한 전력이군. 역시……."

잠시 눈을 빛내던 그가 외쳤다.

"어두워지면 친다!"

"존명!"

손마량은 생각했다.

'자칫하면 큰일 날 뻔했군. 설마하니 절정급까지 있을

줄이야!'

자신의 결정에 만족한다는 듯 크게 고갯짓을 하는 그였
다.

                *   *   *

배에서 내리고 난 후 한 시진 쯤 지나고 나니 그나마 정
신이 드는 그들이었다.

다만 한 사람, 무치는 멀미 대신 두통으로 고생 중이었
다.

어찌 되었든 배를 벗어난 뒤, 정상적인 상태를 되찾은 일
행은 앞으로 어떻게 할 것인지 결정해야만 했다.

"어쩔까요? 지도를 보니까, 여기서 악양까지는 조금 떨
어져 있는데……."

어디서 난 건지 꽤 정밀한 지도 한 장을 펼쳐 놓고 택중
이 묻고 있었다.

하지만 누구도 대답하지 못했다.

생각 같아선 빨리 집으로 돌아가고 싶은 그들이었다.

그게 아니라고 따뜻한 물이 나오는 객잔에서라도 투숙하
고 싶었다.

하지만 현실을 그걸 허락해 주지 않고 있었다.

마차!

덜컹거리는 마차를 타고 또다시 악양까지 가야만 한다는
생각만으로도 속이 울렁거렸기 때문이다.

결국 진수화가 모두를 대변해 나섰다.

"고 공자에겐 미안하지만, 오늘은 그냥 대충 아무 데서
나 야숙하기로 하죠."

"야숙이요?"

"……설마 야숙도 처음?"

"노숙이라면……."

고아원을 뛰쳐나온 후 아무 데서나 자던 기억을 떠올리
며 그가 대답했다.

하지만 이를 알 리 없는 진수화가 걱정하지 말라는 듯 얘
기하는 게 아닌가.

"그거나 이거나예요. 해 보면 별거 아니란 걸 알게 될
거예요."

진수화가 관자놀이를 문지르며 말하곤 자리에서 일어났
다.

그런 그녀를 올려다보며 택중이 물었다.

아니, 모두에게 물은 터였다.

"그럼, 저녁 식사는요?"

"우웩!"

"웩!"

"우어어억!"

"워억!"

한결같은 반응을 보이는 네 사람을 보며 택중이 고개를 내젓고 말았다.

이미 해가 질 무렵이 가까워졌기에 그들은 걸어서 야트막한 언덕 쪽으로 자리를 옮겼다.

다행히 지천이 산이고 공터였기에 야숙을 할 만한 장소는 많았다.

그렇게 나루터에서 조금 떨어진 곳에 자리를 잡은 그들은 해가 질 무렵부터 자기 위한 준비를 시작했다.

모닥불과 가까운 곳 중에 습기를 머금지 않은 마른 땅을 골라 모포를 깔고 나서 은설란이 말했다.

"이제 불침번을 정하죠?"

택중은 눈을 동그랗게 뜬 채 흙 위에 깔린 모포를 바라보다가 되물었다.

"이게 끝?"

"그럼 뭐가 더 있겠어요?"

"정말 이게 끝이라고요?"

"……예."

"하아…… 아무리 야숙이라지만……."

한차례 혀를 차고는 택중이 다시 물었다.

"아무리 한 여름이라지만, 모포 한 장 달랑 깔고서 이 깊은 산중에서 자자고요?"

"그리 깊지 않은데요?"

"강바람도 불어올 텐데요?"

"시원하니 좋죠."

"……."

위이이이이잉.

여기저기서 모닥불의 불빛을 보고 날아든 날벌레 소리가 귓가를 울렸다.

택중이 중얼거리듯 말했다.

"이렇게 모기가 득시글한데?"

"한두 방쯤은 각오해야죠."

찰싹!

무치가 자신의 두꺼운 손바닥으로 팔뚝을 때리는 소리가 들려왔다.

다시 한 번 한숨을 흘리며 택중이 고개를 내저었다.

그때 진수화가 나섰다.

"밖에서 자는 건 원래 다 이래요. 그렇게 춥지 않으니 그럭저럭 잘 만할 거예요. 그러니……."

스윽.

택중이 손가락을 들어 마차를 가리켰다.

"그럼 저건 뭐에 쓰고요?"

"아! 저거요?"

"……."

"모르셔서 그러는데요. 사람이 저기서 자면 골병 들어요. 생각해 봐요, 밤새 마차 안에서 제대로 눕지도 못한 채 자고 일어난다고요. 아침이 오기도 전에 온몸의 뼈마디가 어긋나고, 근육이 뭉쳐서 다음 날에는 움직이지도 못할 걸요?"

설득력 있는 얘기다.

하지만 이건 아니지 않은가?

택중은 불가에 펼쳐져 있는 모포들을 바라보았다.

그동안 무협 소설을 읽고, 무협 영화를 본 것이 있어서 야숙이 어떤 건지는 대충 예상하고 있었다.

그렇지만…….

"휴우!"

또다시 긴 한숨을 내쉰 택중이 돌아섰다.

"고 공자님!"

택중이 마차를 향해 움직이자, 진수화가 그를 불렀다.

"왜요?"

"마차에서 못 잔다니까요!"

"안다고요."

"그런데 왜……?"

대답 없이 택중이 움직였다.

그런 그를 세 사람, 은설란과 진수화 그리고 옥란이 지켜보았다.

찰싹! 찰싹! 찰싹!

그동안에도 무치는 말없이 자신의 팔뚝이며 다리를 후려치고 있었다.

덜그럭덜그럭.

마차 뒤쪽의 짐칸을 뒤지던 택중이 무언가를 한 아름 들고 돌아섰을 때, 일행은 의아한 눈빛을 숨기지 않았다.

얇은 천으로 만든 둥그런 원반. 그리고 돌돌 말린 이불.

도대체 저걸로 뭘 하려는 걸까?

일행은 눈을 반짝이며 그가 하는 양을 바라보았다.

그때였다.

택중이 얇은 천으로 된 원반 끝을 두 손으로 움켜잡더니 허공에 대고 냅다 털었다.

펄럭!

"헛!"

"……!"

"……와아!"

감정이 무딘 무치를 제외하곤 일행 모두가 탄성을 터뜨렸다.

그저 천 쪼가리를 이어 붙인 원반인 줄 알았더니…….

택중의 손을 떠난 원반은 허공에서 활짝 펼쳐지며 작은 천막으로 변해 있었던 것이다.

천막 옆면에는 선명한 글씨가 새겨져 있었다.

아웃도어의 동반자
수피아 원 타—치

원터치 텐트였던 것이다.

이를 처음 본 일행이 놀라는 것은 당연했다.

그들이 놀라서 눈을 껌벅이는 사이에도 택중은 쉴 새 없이 움직였다.

네모난 박스에서 무언가를 주섬주섬 꺼내더니, 호주머니에서 라이터를 꺼내는 택중이었다.

그러곤 박스에서 꺼낸, 나선 모양으로 생긴 초록색의 물건에 불을 붙이는 게 아닌가.

'향인가?'

은설란이 고개를 갸웃하고 있을 때, 모기향의 끄트머리에 불이 붙었다가 꺼지더니 이내 연기가 피어올랐다.

택중은 모기향을 텐트 안쪽에 밀어 넣더니 둥그렇게 말려 있는 이불을 텐트 안에 놓아 두었다.

그러곤 물었다.

"자, 이제 불침번 정하죠?"

"예? 아, 예⋯⋯."

은설란이 정신을 차리고 나섰다.

"우선, 불침번은 고 공자를 제외한 저희끼리 설게요."

"왜요? 고 공자도 무공을 익히지 않았나요?"

진수화가 반대하고 나섰지만, 은설란이 대번에 고개를 내저으며 말했다.

"말씀드렸다시피 고 공자께선 저희 흑사련의 손님이에요. 그러니 아무래도……."

그때였다.

"저도 설게요!"

택중이 외치고 있었다.

은설란은 잠시 그를 바라보다가 이내 고개를 끄덕이며 말했다.

"좋아요. 그럼 누구부터 설까요?"

은설란의 질문에 진수화가 얼른 소리쳤다.

"어머, 옥란아, 뭐하니? 얼른 와서 불침번 서지 않고! 오호호호호, 이러면 참 좋겠어요! 옥란이 먼저 서고, 그다음에 제가 서는 거죠. 그리고 나서 세 분께서……."

'먼저 서고 푹 자는 게 낫지!'

사람마다 좋아하는 방식이 있는 법인데, 화통한 성격의 그녀로서는 중간에 깨서 불침번을 서는 건 도저히 참을 수 없는 일이었던 것이다.

"그럼, 그렇게 하죠. 진 소저 다음으로는 무 대주가 서고, 그 뒤에 제가 설게요. 그리고 맨 나중에 고 공자께서 서는 걸로 해요. 다들 좋죠?"

불만이 없던지 모두가 고개를 끄덕였다.

이렇게 해서 불침번의 순서가 정해졌다.

"그럼, 다 됐네요? 아침에 봬요."

택중은 재빨리 텐트 안으로 들어갔다.

이어 텐트 입구에 드리워졌던 망사 천을 내리더니 지퍼를 끌어 올렸다.

텐트는 일부분이 망사로 이루어져 있어서 바람이 잘 통할듯 보였을 뿐만 아니라, 밖에서도 안이 훤히 보이고 있었다.

불침번이 정해졌음에도 일행은 움직이지 않고 서 있었다.

택중이 텐트 안에서 또 뭔가를 하고 있었기 때문이다.

천막 안으로 들어간 택중은 돌돌 말려진 이불의 끈을 풀고 활짝 펼치고 있었다.

뭐, 여기까진 일행이 깔아 놓은 모포와 그다지 다를 게 없어 보였다.

한데…….

좌르르르륵.

"와!"

"어머!"

"……!"

침낭이었다.

지퍼를 열고 안으로 기어 들어간 택중이 다시금 지퍼를

끌어 올렸다.

흡사 거북이처럼 머리만 쏙 내민 채 눈을 감는 택중을 부러운 시선으로 바라보는 일행이었다.

*　　　*　　　*

어두운 공간이었다.

택중은 자신이 있는 곳이 너무 답답했다.

뭐랄까, 후끈한 공기가 숨이 막힐 듯했던 것이다.

'뭐야? 이거 꿈이야, 생시야?'

바로 그때였다.

사방의 벽들이 움직이는가 싶더니, 빠르게 자신을 향해 밀려들기 시작했다.

"헉!"

이대로라면 압사를 면치 못할 터였다.

놀란 택중이 공간을 빠져나가기 위해 발버둥쳤다.

하지만 소용없었다.

빠르게 짓쳐 든 벽들은 겨우 숨 몇 번 들이쉴 동안에 그를 압박하기 시작했던 것이다.

"끄어어어어!"

이제는 온몸이 꽉 끼다 못해 까치발을 디뎌야 할 정도로 좁아져 버린 공간.

이러다간 정말 온몸이 짜부라져서 터져 죽고 말 것만 같았다.

택중이 숨을 헐떡이다가 비명을 내질렀다.

"으아아아아아!"

눈을 번쩍 뜬 택중.

그가 상체를 벌떡 일으켰다.

아니, 그러려고 했다.

하지만 쉽지 않았다.

침낭에 들어가 있던 택중이었기에, 좀처럼 몸을 움직이기가 쉽지 않았기 때문이다.

하지만 그렇다곤 해도 이렇게 까지나 몸을 움직이지 못한다는 건……

택중이 이상한 느낌에 고개를 돌렸다.

그러곤 입을 딱 벌리고 숨을 멈췄다.

"뜨악!"

자신의 바로 옆에 찰싹 붙은 채 새근새근 잠들어 있는 여인.

은설란의 얼굴이 바로 눈앞에 있었던 것이다.

홱!

누운 채 반대편으로 무섭게 돌아간 택중의 고개.

"뭐, 뭐야!"

진수화의 얼굴이 눈앞에 있었다.

양옆에 두 명의 여인이 자고 있었던 것이다.

'하, 하지만…… 그렇다 해도 너무 좁은 거 아냐?'

아무리 두 명이 텐트 안으로 더 들어왔다곤 하지만, 이렇게까지 좁을 리 없는데…….

'이, 이 여자들……!'

여자는 겉으로 봐선 잘 모른다더니…….

'날씬한 줄 알았더니만…….'

그 순간 택중의 뇌리에 은설란이 무서운 기세로 라면을 흡입하던 게 떠올랐다.

어디 은설란뿐인가.

진수화도 만만치 않았다.

그녀 역시 라면을 먹을 때는 무조건 폭풍 흡입이었던 것이다.

어쨌든 지금은 그게 중요한 게 아니다.

너무 좁아서 미칠 것 같았던 것이다.

"끄응!"

누운 채로 몸을 일으키려고 시도하는 택중이었다.

하지만 정말이지 쉽지 않았다.

너무 꽉 껴서 옴짝달싹할 수가 없었던 것이다.

바로 그때였다.

"아암, 왜 이렇게 더운 거예요?"

진수화 너머에서 익숙한 음성이 들려왔다.

'오, 옥란?'

동시에 이번엔 은설란 너머에서 굵직한, 그러면서도 무거운 느낌의 콧소리가 들려왔다.

"드르릉— 드르릉—"

'무, 무치까지!'

제대로 짜증이 치민 택중이 벌컥 소리쳤다.

"다들 안 나가!"

바로 그 순간이었다.

우지끈!

"엇?"

택중의 눈이 휘둥그레지는 순간, 천막의 형태를 지탱하던 폴대가 부러지더니 텐트가 터져 나갔다.

*　　　*　　　*

어둠 속에서 모닥불이 피어올랐다.

그런 가운데, 택중이 일행을 향해 곱지 않은 눈초리를 뿌려 대자 모두는 그의 시선을 피하느라 딴청을 부렸다.

다들 지은 죄가 있었기에 반박은 용납되지 않았다.

그저 찢어진 텐트를 주섬주섬 챙기는 택중의 눈치를 보기에 바빴다.

한참 뒤, 택중이 진수화를 불렀다.

"이봐요."

"예, 옛?"

진수화가 화들짝 놀라 그를 보았다.

혹시 간밤의 일을 따지려 드나 싶었던 것이다.

하지만 택중은 이미 그 일은 모두 잊은 듯한 표정이었다.

다만 굳게 마음먹었을 뿐이다.

'다음에 물건 팔 때 확 바가지를 씌워 버려야지!'

이를 알 리 없는 진수화가 되물었다.

"왜, 왜요?"

가만히 그녀를 바라보던 택중이 물었다.

"지금이 몇 시쯤 됐을 거 같아요?"

"글쎄요. 축시 정도?"

삼경을 갓 지난 정도라고 생각하며 그녀가 대답하자, 택중이 고개를 갸웃했다.

"그럼 누구 차례지?"

"뭐가요?"

"불침번."

"……!"

"……!"

"……!"

세 여인이 두 눈을 부릅떴을 때였다.

살금살금.

뒷발을 들고 어둠 속으로 스며들던 무치가 나뭇가지를 밟았다.

빠직!

그러자, 그대로 자리에 엎어지며 두 손으로 머리를 감싸는 게 아닌가.

그러고도 모자라 소리치고 있었다.

"때리십시오!!"

뒤이어 기어 들어가는 목소리로 덧붙이고 있었다.

"살살……."

그런 그를 한심스럽다는 듯 쳐다보던 택중. 그가 한차례 고개를 내젓고는 돌아섰다.

"어디 가요?"

진수화가 묻자, 택중이 대답했다.

"춥잖아요. 그냥 마차에서라도 자려구요."

"그럼……."

후다닥 따라붙으며 진수화가 말했다.

"저랑 같이 자요."

"……!"

순식간에 얼굴이 붉어진 택중이었다.

하지만 워낙 어두웠던지라 누구도 발견하지 못했다.

뿐만 아니었다.

"저도 같이 가요."

은설란이 따라붙었다.

그 뒤에 옥란이 말없이 따라오고 있었다.

그렇게 해서 네 사람이 마차 안으로 들어섰다.

그리고 무치 역시 안으로 들어오려 하고 있었다.

"쓰읍!"

하지만 택중이 노려보자 그는 이제 막 들어 올렸던 발을 천천히 내려야만 했다.

그가 하는 수없이 마부석으로 가서 웅크리고 앉았을 때였다.

핑!

마차 밖에서 섬뜩한 바람 소리가 들려왔다.

팍!

마차 벽을 뚫고 들어온 화살촉이 택중의 눈앞에 있었다.

"히끅!"

놀란 택중이 새파랗게 질린 얼굴로 침을 삼키는 순간, 은설란이 마차를 박차고 뛰어나갔다.

그와 동시에 진수화와 옥란 역시 밖으로 뛰쳐나갔다.

파파파파파팟!

그동안에도 수를 헤아릴 수 없는 화살이 날아들었다.

깡! 까강, 깡!

마부석에선 어느새 칼을 뽑아 든 무치가 화살을 쳐 내고 있었다.

은설란과 진수화 그리고 옥란 역시 일제히 무기를 꺼내 들고서 화살을 쳐 내기 위해 휘둘렀다.

그러면서 은설란이 외쳤다.

"나오지 마세요!"

택중이 들으라고 한 말이었다.

이때 택중은 마차 안에서 고개를 처박고 중얼거리는 중이었다.

"어제부터 불안하더니만!"

그때였다.

훙! 훙! 훙! 훙!

택중의 귓가에 이상한 소리가 들려오고 있을 때, 밖에선 네 개의 그림자가 마차 위로 떨어지고 있었다.

시커먼 복면을 쓴 괴한들이었다.

그들은 마차 위로 떨어지면서 무서운 기세로 봉을 휘둘러 왔다.

"피해욧!"

마차 밖에서 은설란의 외침이 들려왔다.

제24장
습격자들

'대체 어디로?'

피하라는 은설란의 외침을 들었을 때, 택중의 뇌리를 스쳐 간 생각이었다.

하나 이 생각마저도 그리 오래 할 순 없었다.

쾅!

흡사 폭탄이라도 터진 듯 엄청난 소리가 울리며 마차가 폭삭 주저앉았기 때문이다.

"고 공자!"

놀란 은설란이 외쳤지만, 무너진 마차 속에서 택중이 살아 있을 가능성은 거의 없었다.

그때였다.

"하하하! 과연! 만만찮은 실력이군!"

어디선가 들려온 낯선 음성 한줄기에 은설란이 서둘러 고개를 돌렸다.

그러다가 택중을 발견했다.

어느새 마차를 빠져나오던 택중을 급히 무치가 막아섰던 것이다.

한데 택중은 그 급한 가운데서도 커다란 배낭 하나를 등에 짊어지고 있었다.

"아!"

어찌 되었든 반가운 마음에 탄성을 내지른 그녀였다.

하지만 그것도 잠시.

그녀는 재빨리 괴한들을 향해 시선을 돌렸다.

그사이 마차를 습격했던 괴한들이 땅으로 내려와 있었고, 그들뿐만이 아니라 십수 명의 괴한들이 합세한 형국이었다.

그리고 그들 사이로 한 사내가 걸어 나오고 있었다.

역시나 복면을 쓰고 있었지만, 온통 시커먼 복장을 한 다른 이들과 달리 새하얀 무복에 백색 복면을 쓰고 있었다.

또한 이마 정중앙에는 십팔(十八)이라는 숫자가 선명하게 적혀 있었다.

"신기자의 전인을 보호하는 것치곤 너무 적은 수의 호위가 붙었다 싶었더니, 역시 믿는 구석이 있었다는 건가?"

복면 십팔호의 얘기에 진수화가 눈을 반짝였다.

'신기자?'

그녀가 서둘러 옥란에게 전음을 보냈다.

―신기자라고 하는데, 맞아?

―아직 정보가…….

옥란이 민망하다는 듯 고개를 숙여 보일 때, 진수화는 잠시 생각에 잠기는 듯하다가 소리쳤다.

"호호호호, 어느 곳의 고인께서 이렇게 예의 바르게 방문하셨을까? 그래도 신기자의 전인께서 계신 곳인데?"

복면 십팔호는 진수화를 보다가 불쑥 물었다.

"누구기에 함부로 입을 놀리는 거지?"

"깔깔깔, 강호에서 칼 밥 좀 먹었으면 알 텐데요? 누군지 묻기 전에 자신부터 소개해야 한다는 것 정도는?"

"흥! 격장지계치곤 어설프군."

코웃음을 치는 복면 십팔호였다.

민망해진 진수화가 옥란에게 전음으로 물었다.

―티나?

―팍 나요.

그 순간에도 복면 십팔호가 걸걸한 음성으로 외쳤다.

"어설프게 굴지 마라! 네년이 아무리 애써도 우리의 정체를 알 수는 없을 것이다."

그때였다.

은설란이 긴 한숨과 함께 말했다.

"정도맹이겠죠."

뜨끔.

복명 십팔호가 재빨리 외쳤다.

"아, 아, 아니다! 우리처럼 대낮에 복면을 뒤집어쓰고 이처럼 흉악한 습격을 일삼는 무리가 어찌 공명정대한 정도맹의 무사겠느냐! 절대 아니다!"

"……."

"……."

"……."

"……."

"못 믿는 것이냐! 정말 바보 같은 것들이군! 하늘에 뜬 태양처럼 온 세상을 밝히며 한 줌 어둠이라곤 지니지 않은 정도맹에서 습격을 할 리가 있겠느냐!"

"……."

"……."

"……."

"……."

"에잇! 아니라니까! 얘들아! 쳐라!"

휙! 휙! 휙! 휙!

바람을 가르며 날아든 괴한들이 일제히 무기를 휘둘러왔다.

처음 마차를 습격하던 자들이 봉을 휘두르는가 하면, 어떤 자들은 시퍼런 대감도를 휘두르기도 하고, 또 어떤 자들은 날이 좁은 검을 찔러 오기도 했다.

그들의 흉악한 기세에 놀란 말들이 겁에 질려 울부짖고 있었지만, 마차가 무너지면서 부서진 잔해에 고삐가 얽혀서 도망치지도 못하고 있었다.

챙! 채쟁, 챙챙!

맑은 쇳소리가 울리며 일대가 혼전 속으로 빠져들었다.

좌르르르르르륵.

은설란의 허리춤에서 풀려난 은살첩혈편(銀殺疊血鞭)이 무서운 기세로 허공을 찢어발겼다.

한때나마 천하십대 신공으로 이름 높았던 은살첩혈편이 펼쳐지자, 괴한들이 속속 쓰러지며 비명을 내질렀다.

그사이 진수화와 옥란 역시 놀지 않고 열심히 검을 휘두르고 있었다.

황궁 십대 무공 중 하나인 낙뢰이십사검(落雷二十四劍)이 진수화의 손에서 펼쳐지며 화려한 변화를 일으켰다.

그때마다 괴한들이 피를 뿜으며 쓰러지고 있었다.

그러다가 미처 보지 못한 칼날이 그녀의 좌우에서 날아들 때면 어느 틈에 옥란의 비도가 날아와 쳐 내고 있었다.

가히 제비와 같이 빠르고 자유로운 비도.

옥란은 절정의 비도술을 익히고 있었던 것이다.

그들 세 여인이 괴한들을 상대로 혼신의 힘을 쏟아 공격

하고 있을 때, 무치는 백의 괴한, 복면 십팔호를 상대로 분
전하고 있었다.

쐐액!

쾌검이 날아들어 벼락처럼 떨어질 때마다 무치는 칼을
휘둘러 힘겹게 막았지만, 벌써 손아귀는 물론 팔까지 저린
게 그 위력이 보통이 아니라고 느끼고 있었다.

하나 물러설 수 없다는 듯 이를 악물고 복면 십팔호를 상
대하는 그였다.

당연한 일이었다.

그가 물러선다면 그의 바로 뒤에 주저앉아 있는 택중은
누가 보호한단 말인가.

챙, 채쟁, 쟁쟁!

어찌할 바를 모르던 택중이 검을 들고 난전 속으로 뛰어
들려고 할 때였다.

―그대로 있어요!

은설란의 전음이 그의 귓가를 강타했다.

'어째서?'

택중이 의아해했지만, 더 이상의 전음은 들려오지 않았
다.

하지만 그도 머리가 있는지라 잠깐의 생각만으로 은설란
의 속내를 읽을 수 있었다.

'저들이 노리는 것은 나다! 또한 설란 씨의 태도로 보아,

내가 없어도 충분히 물리칠 수 있는 듯하다. 그렇다면…….'

일단은 나서지 않는 게 좋을 터.

괜스레 끼어들었다가 저들에게 잡히기라도 한다면 모든 일이 어그러질 게 빤하기 때문이었다.

그렇게 택중이 다시금 뒤로 물러나고 난 후 산비탈에서 이어진 공터에서 난전이 이어지길 이각여.

마침내 괴한들을 모조리 쓰러뜨린 세 여인이 복면 십팔호를 향해 다가섰다.

"이제 포기하시지!"

진수화가 기세등등하게 외쳤다.

복면 십팔호가 대꾸했다.

"흥! 기고만장하지 마라! 너희쯤은 내가 한 손으로 검을 휘둘러도 충분하니까!"

"호호호호, 할 수 있으면 어디 한 번 해 보시지!"

타핫!

땅을 박찬 진수화가 무서운 기세로 짓쳐 갔다.

그의 검끝이 사방으로 휘어지며 현란한 변화를 일으켰다.

뿐만 아니라, 땅을 밟아 나가는 그녀의 두 발이 화려하게 교차하고 있었다.

흡사 춤을 추듯 우아하게까지 보이는 그녀였다.

하나 그녀가 펼쳐 낸 검식이 어찌나 강맹한지는 검을 섞고 있는 복면 십팔호만이 정확히 알 수 있으리라.

'크윽, 망할! 정보와 다르잖아!'

전해진 정보에 따르면 일류급 고수 셋과 절정급 고수 하나가 있다더니, 아무래도 눈앞의 여인이 절정의 고수인 모양이다.

한데 절정도 급수가 있는 법.

이건…….

초절정을 눈앞에 둔 고수가 아닌가!

뿐만 아니라 나머지도 하나같이 실력이 뛰어나다.

그저 그런 일류 고수 따위가 아닌 것이다.

한마디로 잘못된 정보라는 얘기.

때문에 그가 끌고 온 수하들이 모조리 당하고 말았으니 어찌 분통이 터지지 않을까.

하지만 이대로 물러설 복면 십팔호가 아니었다.

그는 아직도 자신이 있었던 것이다.

숨겨 둔 한 수가 있다고나 할까.

"이얍!"

기합성을 토해 낸 복면 십팔호가 크게 검을 휘저었다.

그러면서 일갈했다.

"모조리 죽여 버리겠다!"

복면 십팔호가 검을 번쩍 치켜들었다.

순간 그의 검끝에서 뿜어진 한줄기 검강.

후우웅!

시퍼런 빛을 흘리며 솟구친 검강을 보며 은설란과 진수화는 벌어진 입을 다물지 못했다.

초절정에 이른 무인이었단 말인가!

택중을 제외한 일행은 더 이상 아무런 말도 하지 못하고 마른 침을 삼켰다.

진수화 역시 상당한 실력을 지닌 무인이었고, 그녀 역시도 마음만 먹는다면 검강쯤은 일으킬 수 있었다.

그러나 상대가 일으킨 검강은 그녀가 일으킨 것보다 약간 더 커 보였다.

그것만 보아도 상대의 공력이 자신보다 한 수 위라는 걸 알 수 있었다.

그런 고수를 지금까지처럼 쉽사리 상대할 수는 없을 터였다.

더구나 택중이 무공을 모른다고만 생각하고 있던 그녀로서는, 한 사람을 지켜 가며 싸워야 한다는 것은 상당한 부담으로 다가왔다.

'설마 죽이려고 습격한 건 아닐 거야!'

진수화는 택중을 힐끔거리며 생각했다.

하지만 확신하기 어려웠다.

그렇다면…….

그녀가 은설란을 향해 말했다.

"합격하죠?"

좀 더 안전하게 택중을 지키기 위해 연수합격을 제의하는 그녀였다.

은설란으로서도 거절할 이유가 없었다.

상대적으로 무위가 낮은 무치와 옥란이 뒤로 물러나 택중을 막아선 가운데, 은설란과 진수화가 복면 십팔호를 상대하기 시작했다.

후웅!

진수화의 검끝에서 검강이 솟구친 것도 그때였다.

반면 은설란은 아직 검강을 뽑아낼 실력이 되지 않았다.

그러나 그녀는 이내 무언가를 떠올리고는 채찍을 회수했다.

차라라라라라락.

빠르게 되감긴 채찍을 허리춤에 매달고, 얼른 품에서 소도(小刀) 한 자루를 꺼내는 그녀.

그런 그녀를 진수화가 이상하다는 듯 쳐다보았다.

이미 은설란의 무공 실력이 자신보다 못하다는 걸 눈치채고 있었던 진수화였다.

그럼에도 연수합격을 제의한 것은 오로지 자신의 실력을 믿고 있었기 때문.

그저 은설란은 자신을 도와서 상대방의 실수만 유도해 주면 될 뿐이거늘.

한데 지금처럼 급박한 상황에 자신의 성명병기라 할 수
있는 무기를 회수하는 게 이해가 가지 않았던 것이다.

'포기한 건가? 아니면, 비도술에 더 자신이 있다는 것일
까?'

진수화가 의아한 눈빛을 해 보였다가 무언가를 떠올리고
는 눈을 반짝였다.

'호오, 그랬군!'

항주에서 일어났던 싸움.

정도맹이 차지한 항주지단을 흑사련의 무사들이 탈환하
면서 보여 준 모습은 이미 수하에게서 들어서 알고 있던 그
녀다.

'저게 바로 천비신도란 거군!'

아니나 다를까.

복면 십팔호 역시 눈빛이 변하며 복면 아래 입술을 씰룩
거리는 게 보였다.

'놈도 알고 있다는 건데…… 쯧쯧쯧, 무공은 강한지 몰
라도 정체를 숨기는 데는 아주 맹탕이야.'

어찌 되었든 진수화로선 좋은 일이라 할 수 있었다.

싸움을 벌여야 하는 상대방은 당황해하는데, 아군이라
할 수 있는 은설란은 좀 더 강해졌으니 이보다 좋은 전개가
또 어디 있을까.

절로 웃음이 흘러나왔다.

"깔깔깔깔! 방금 누가 누굴 죽인다고 호언장담을 했던 거 같던데? 응? 어디서 주제도 모르는 개 한 마리가 짖었던 걸까나?"

졸지에 개가 되고만 복면 십팔호가 이를 갈아 댔다.

"으득, 내 기필코 네년의 혓바닥을 뽑아서……."

그 순간 은설란의 소도에서 검강이 발출되었다.

후웅!

짐작은 하고 있었지만, 막상 눈앞에서 검강이 출현하자 복면 십팔호는 하던 말도 잊고 난감한 눈빛이 되고 말았다.

'제길! 이대로라면…….'

당할 것이 분명하다.

물론 검강을 일으킨다고 해서 다 같은 실력이라고 할 수야 없을 터다.

자신의 실력은 이제 막 초절정에 발을 들여놓긴 했지만, 틀림없이 저 건방진 년보다 한 수 위다.

초절정에 가까운 절정과, 이제 막 절정을 벗어난 초절정은 분명 하늘과 땅 차이니까.

그러나 문제는 검강을 뿜어낼 정도의 실력자가 둘이나 된다는 데 있었다.

그러니 둘이 하나가 되어 싸우는 그녀들과 비교해서 월등히 무공이 높다고 할 수가 없을 터였다.

낭패한 표정이 된 그를 향해 은설란과 진수화가 움직인

것도 그때였다.

후웅!

복면 십팔호가 시퍼런 검강을 줄줄 흘리며 다가오는 그녀들을 노려보았다.

그러다가 분하다는 듯 이를 악물었다.

그러곤 검을 쳐들어 검강을 쏘아 내려는 찰나였다.

획, 획, 획!

세 번 연달아 울리는 파공음.

이어 바닥에 사뿐히 내려서는 세 명의 복면인이 있었다.

"헛!"

진수화가 뒤로 훌쩍 물러나며 아미를 찡그렸다.

은설란 역시 입술을 깨물며 물러서지 않을 수 없었다.

흰색 복면을 뒤집어쓴 세 명의 괴한들.

각기 이마 정중앙에 십칠(十七), 십육(十六), 십오(十五)라고 적힌 숫자들이 눈길을 끌었다.

숫자만 보고 판단하건대 분명 복면 십팔호보다 윗줄에 있는 고수들일 터다.

아니나 다를까.

복면 십팔호 역시 그들을 발견하고는 반가운 눈빛을 흘렸다.

그러나 그도 잠시뿐.

그는 민망한 듯한 눈빛을 해 보이며 고개를 숙였다.

"쯧쯧, 내 이럴 줄 알고 왔다마는……. 어찌 예상에서 한 치의 벗어남도 없을꼬."

복면 십오호가 혀를 차고 있었다.

늙수그레한 음성으로 보아, 장년을 훌쩍 넘긴 노년의 사내임을 알게 해 주는 음성.

"송구합니다."

복면 십팔호가 말하자, 복면 십오호가 고개를 내저으며 말했다.

"되었다. 우리가 알아서 처리할 테니 너는 그만 뒤로 물러나 있어라."

"존명!"

복면 십팔호가 뒤로 물러나는 사이, 새로이 나타난 세 명의 괴한들이 앞으로 걸어 나왔다.

"그 나이에 그 정도 실력이라니 그간 얼마나 노력했는지는 알겠다만…… 그래서 더욱 아깝긴 하구나. 어쩌겠느냐? 그저 운명이려니 생각하여라."

가볍게 손을 뻗어 무기를 그러쥐는 그들이었다.

검과 도, 그리고 창이 시퍼런 날을 세운 채 은설란과 진수화를 향했다.

일촉즉발.

숨 한 번 들이 내쉬면 모든 일이 끝날 것 같은 분위기.

숨 막히는 긴장감 속에 은설란과 진수화가 손에 땀을 쥐었다.

바로 그때였다.

파지지지직!

일직선으로 쏘아진 뇌전이 허공을 갈랐다.

택중의 손에 들린 권총.

하늘을 향해 들린 총구에서는 연기가 피어오르고 있었다.

공터에 있던 모두가 자신을 바라보자, 그제야 정신을 차린 택중이 덜덜 떨면서 말했다.

"지, 진짜 되네?"

일전에 갈천성으로부터 자신이 지닌 권총이 매우 '단단한 놈'이란 얘기를 들었을 때부터 생각하던 게 있었다.

'혹시 이걸로 검강, 혹은 그 이상도 가능하지 않을까?'

그리고 오늘, 위기에 처하게 되자 엉겁결에 시험하게 된 것이다.

한데 진짜로 가능할 줄이야!

검으로는 죽었다가 깨어나도 뇌전을 일으키기만 할 뿐, 그걸 뿜어내거나 쏘아 내지 못하던 것이 권총으로는 가능했던 것이다.

다만 한 가지 결정적인 문제가 있었다.

덜덜덜덜.

지금 택중이 사시나무처럼 떨고 있는 건 단순히 두려워서가 아니었다.

권총을 이용해 뇌격검 제일초 일지검뇌를 펼쳐 냈을 때, 뇌전 중 일부가 밖으로 나가지 못하고 총 안에 맴돌다가 그대로 역류하고 말았던 것이다.

그의 현재 능력으로는 뇌전을 완전히 제어할 수 없기에 생긴 일이었다.

하긴 그게 가능하다면 굳이 총을 쓸 필요가 없을 터였다.

한마디로 지금 택중의 상태는 몹시 나쁘다는 얘기.

간신히 서 있는 게 전부라고 할 만큼이나 좋지 않았다.

그런데도 택중은 이를 악물고 소리쳤다.

"모, 모, 모두 물러서…… 세요!"

총구를 괴한들에게 향한 채 발악하듯 소리쳤다.

"안 그럼 모두 죽인…… 다!"

"허허, 그놈 참!"

복면 십오호는 기가 차다는 표정을 지어 보였다.

그러곤 물었다.

"아이야, 겨우 그깟 암기를 가지고 지금 협박하는 것이더냐?"

암기?

택중의 눈동자가 살짝 흔들렸다.

무슨 소린지 금방 알아듣지 못한 탓이었다.

그러다가 이내 무협 소설에서 읽었던 내용을 머릿속에 떠올렸다.

'사천 당문 같은 곳에서 만들어 낸다는 그 암기?'

이어 그는 궁금해졌다.

'암기…… 랑 권총으로 쏘는 뇌전이랑 어떤 게 더 셀까? 아이 씨! 암기보다 약하면 안 되는데…….'

하나 그는 몰랐다.

암기라고 다 같은 암기가 아니란 것을.

그리고 암기가 진짜로 무서운 이유는 대부분의 암기에 독이 발라져 있어서임도.

더불어 암기가 발출되는 원동력은 대개가 용수철과 기계 장치에 의해서임에 반해, 자신이 지닌 권총은 그와는 차원이 다르다.

원래도 권총이란 화약의 폭발에 힘입은 것이란 것이지만, 지금 그가 권총을 사용하는 방도는 단순히 그런 용도가 아니지 않는가.

천비신도 때문에 저들이 이처럼 그를 죽이고자 대대적인 작전을 펼친 것이라면, 이 권총이 그 이상의 물건임을 알게 된다면 어찌 될 것인가!

한마디로 말하자면, 그가 들고 있는 권총은 복면 십오호가 예상하고 있는 간단한 암기 따위와는 차원이 다른 물건인 것이다.

그런 총을 들고서도 택중은 긴가민가하지 않을 수 없었다.

그만큼 무림에 대해서 무지하다고밖에는 말할 수 없어서 벌어진 일이었다.

'미치겠네! 하나같이 칼에서 이상한 광선을 뿜어내는 자들인데, 이걸로 될까?'

누가 봐도 은설란과 진수화를 비롯해 자신의 일행들이 불리한 상황.

그 때문에 자신도 모르게 권총을 꺼내 들었지 않는가.

그렇다고 처음부터 뇌전을 쏠 생각은 아니었다.

거의 무의식에 가까운 상태에서 총을 꺼내어 쥐자마자 그만 뇌전이 발사되고만 것이다.

이로 말미암아 정작 놀란 것은 택중이었다.

안 그래도 눈앞에서 수많은 괴한이 피를 토하며 쓰러지는 걸 보고 심장이 방망이 치며 터질 것 같은데, 권총까지 쏘고 나니 우심방이 좌심방이랑 악수하곤 자리를 바꿀 지경이었다.

하여간 이대로 있을 수만 없는 노릇.

지금은 좀 더 세게 나가야 할 때였다.

"다, 다가오지 마라! 안 그럼, 쏜다!"

그가 흥분을 감추지 못하고 외쳤지만, 괴한들은 비릿한 웃음을 흘릴 뿐 물러설 생각이 전혀 없어 보였다.

오히려 은설란과 진수화는 거들떠보지도 않고, 택중에게로 발길을 돌리는 모습이었다.

"허허허, 젊어서 그런가, 겁이 없구먼. 좋네. 어디 한 번 해 보시게!"

"이잇! 오지 마라니까!"

권총을 잡은 손에 힘을 쥐며 택중이 소리쳤다.

"안 그럼 진짜 쏠 거예요!"

그러면서 방아쇠에 손가락을 얹었다.

총알도 없는 총이었지만, 무의적으로 그렇게 행동하고 있는 택중이었다.

그러나 상대방은 택중이 무슨 행동을 하든 전혀 신경 쓰지 않는 눈치였다.

저벅저벅.

서슴없이 걸음을 옮겨 다가온 그는 오 장여의 거리를 남겨 두고 있었다.

그 순간 총구가 불을 뿜었다.

파지지지지직!

"크헛!"

비명이 울리는 순간, 택중이 몸을 바르르 떨었다.

"으다다다다다!"

마치 전기에 감전이라도 된 듯 떨던 택중이 간신히 진정하곤 헉헉거렸다.

그러면서도 허둥지둥하며 소리치는 걸 잊지 않았다.

"지, 진짜로 쏘려던 건 아니고…… 그, 그냥……. 어?"

풀썩!

복면 십오호가 뒤로 넘어가는 게 보였다.

"……!"

"……!"

"……!"

괴한들이 얼마나 놀랐는지, 눈이 휘둥그레져서 움직일 줄을 몰랐다.

택중의 일행들도 마찬가지였다.

시퍼런 뇌전이 허공을 가르는가 싶더니, 곧바로 쓰러지는 복면 십오호.

그 모습을 보고 놀라지 않을 사람은 이곳에 아무도 없었다.

맨 처음 쏘아 낸 뇌전보다 배는 더 강한 듯 보였기 때문이다.

"이런 개 같은……! 죽여 버린다!"

복면 십팔호가 땅을 박차고 뛰어올랐다.

그리고 섬전 같은 빠르기로 대기를 가르며 검을 휘둘렀다.

벼락처럼 떨어지는 검날이 택중을 노리고 떨어지고 있었다.

그 순간이었다.

파지직!

뇌전은 한 번으로 그치지 않았다.

파지지직! 파지지지지직!

권총의 총구가 연달아 불을 뿜는 순간, 복면 십팔호의 몸이 뒤쪽으로 밀려나며 허공을 날았다.

털썩.

바닥에 곤두박질친 복면 십팔호가 꿈틀거리다가 축 늘어졌다.

휘이이이잉.

공터를 쓸어 가는 바람 소리.

누구 하나 움직이지 못했다.

움직이긴커녕 말 한마디 내뱉을 수 없었다.

파지지지지직!

뇌전을 온몸에 두른 채 한참 동안이나 바동거리는 택중 때문이었다.

숨소리조차 참는 듯 팽팽한 긴장감이 장내를 휘감는 가운데, 한참 후에 진정한 택중이 덜덜 떨며 더듬거렸다.

"그, 그러니까……. 오, 오지 말라고 했잖아…… 우웩!"

말하다 말고 엎어져 구토를 시작하는 택중이었다.

그의 입에서는 핏물이 쏟아져 나오고 있었다.

그로 인해 그가 쥐고 있던 권총이 바닥을 굴렀다.

순간 그곳에 있는 모두의 눈에 섬뜩한 빛이 뿜어졌다.

누가 먼저랄 것도 없이 일제히 땅을 박찼다.

깡! 까깡! 깡강!

검강을 일으킬 여유도 없이 검과 도가 부딪혔다.

그러다가 괴한 한 명이 권총을 집어 들기 위해 몸을 날리자, 무치가 가랑이를 찢으며 발을 쭉 뻗어 찼다.

발길에 차인 권총이 하늘을 날았다.

이를 잡기 위해 또 다른 괴한이 땅을 박차고 날아오르고, 그 뒤를 은설란이 뛰어올랐다.

탁다다다닥.

멀쩡한 검은 놔둔 채, 권총을 잡기 위해 뻗어 낸 손과 손이 만나 격렬하게 부딪쳤다.

공방에 이은 공방.

쉴 새 없이 터지는 타격음이 허공을 울리는 가운데 권총은 빠르게 바닥으로 떨어지고 있었다.

바로 그 순간, 은설란이 허공에서 몸을 회전시키며 돌려차기를 휘둘렀다.

탁!

그녀의 발끝에 맞은 권총이 어디론가 날아가는 순간, 은설란이 소리쳤다.

"잡아욧!"

진수화의 빈손이 할퀴듯 허공을 낚아채자, 어느새 그녀의 손에는 권총이 들려 있었다.

뚝!

누구도 움직이는 자는 없었다.

특히 괴한들은 식은땀을 흘리며 미동조차 하지 않았다.

그런 그들을 향해 진수화가 총을 쥐고 들어 올렸다.

"허튼짓 할 생각 마!"

그러면서 그녀는 택중이 권총을 어떻게 다루었는지 떠올렸다.

'여기에 손가락을 넣고 당기니까…….'

탈깍!

아무런 변화도 일어나지 않았다.

그 모습을 바로 옆에서 보던 은설란이 갑자기 허리를 비틀더니 권총을 향해 힘차게 돌려 찼다.

팟!

그녀의 발끝에 맞은 권총이 택중을 향해 일직선을 그렸다.

그리고 때마침 간신히 정신을 차린 택중이 엉겁결에 권총을 받아 들었다.

파지지지직!

풀썩.

"이런 악독한!"

"으다다다다다다! 그, 그러니까 이게 어떻게 된 일이냐면……."

파지지지지직!

"크헉!"

풀썩.

휘이이이잉.

장내에 살아남은 자들이라곤…….

다시 한 번 바닥에 엎어져 피를 토하고 있는 택중과 그의 일행들뿐이었다.

*   *   *

검은색에 가까운 짙은 회색 권총 한 자루가 풀밭 위에 덩그러니 놓여 있었다.

그 앞에는 한 명의 사내가 탈진한 모습으로 누워 숨을 헐떡이고 있었고, 나머지 남녀는 말없이 권총에서 시선을 떼지 못했다.

그들은 누구도 말을 하지 않았다.

그러나 심중에는 수도 없는 말들이 떠올랐다가 사라지길 반복했다.

특히 진수화는 옥란과 전음으로 대화를 나누기 바빴다.

―저런 무기 본 적 있어?

―설마요? 난생처음 봐요. 아니, 들은 적도 없는 걸요?

―하기야……. 나도 처음이긴 하네. 그나저나 정말 엄청난걸?

―정말요! 저거 한 자루면 어지간한 고수도 그냥 골로 가겠어요.

―도독님도 안 될까?

―글쎄요. 쉽지 않을 거 같아요. 특히 다른 무기로 정신을 쏙 빼놓고서 쏴 버린다면……. 무조건 당할 거 같은데요?

―휴우! 대단하네. 정말 무서운 무기군! 근데 아무래도 아무나 쓸 수 있는 거 같진 않지?

―예. 고 공자에게 특화된 무기인 거 같아요.

―아깝군.

―그나저나 부도독님, 이제 어찌하실 거죠?

―뭐를?

―저걸……. 어떻게 하든 우리가 가져야 된다는 게 제 생각인데요.

―가져가 봐야 쓰지도 못할 텐데?

―어찌 되었든 위험한 무기인 건 틀림없잖아요.

―그렇긴 하지만……. 고 공자가 허락할까?

―빼앗으면 되지 않을까요? 우리 쪽이 더 전력이 센데.

―그건 좋은 생각이 아닌 거 같아.

―왜요? 일단 빼앗아서 위협하면…….

―과연 고 공자가 저것만 가지고 있을까? 저보다 더 무서운 걸 꺼내면 어쩌려구? 너도 봤잖아? 그동안 그가 꺼내던 물건들을.

―하아! 충분히 가능한 얘기네요.

―그렇지? 그러니까……

―…….

―일단은 지켜보도록 하자. 대신 아이들한테 연락 띄워. 우선은 도독님께 알려 드리는 게 먼저다.

―알겠어요. 때를 보아 빠져나가서 연락할게요.

두 사람, 진수화와 옥란이 한창 전음을 주고받을 때, 은 설란 역시 무치에게 전음을 날리기 시작했다.

―역시 신기자의 전인답죠?

―예.

―그나저나 고 공자가 많이 다친 것 같은데 괜찮을까요? 아무래도 내상을 입은 거 같은데…….

―그렇다고 함부로 만지시면 안 됩니다. 자칫 주화입마 에라도 빠지면 큰일이니까요.

―그럼, 본인 스스로 일어날 때까지 기다려야 한다는 말 이에요?

―꼭 그렇진 않지만, 일단 지켜보는 게 좋겠다는 게 제 생각입니다.

―하아! 안타깝군요.

잠시 고개를 돌려 택중을 보면서 생각에 잠기던 은설란 이 다시 전음을 날렸다.

―아무리 그라지만, 정말이지 저토록 무서운 무기를 지 니고 있으리라곤 생각지도 못했군요. 아무래도 군사께 연락

을 취하는 게 낫겠죠?

　―예.

　―그건 그렇다 치고 저건 어쩔까요? 우리도 우리지만, 저쪽에서도 다 보았으니……. 입을 막는 방법이 있을까요?

　―죽이는 수밖에는 없습니다.

　―누가 하죠? 제가요?

　―예.

　―제가 무슨 수로요. 보셨다시피 진 소저는 저보다 훨씬 고수던데……. 설사 할 수 있다고 해도 정체도 아직 모르는데, 무작정 없애는 게 능사는 아닌 거 같아요.

　―…….

　―뭐, 다른 의견 없어요?

　―예.

　―휴우! 좋아요. 그것도 일단 지켜보기로 하죠. 지금으로선 고 공자가 정신을 차리는 게 먼저인 거 같으니…….

　아닌 게 아니라, 택중의 상태는 정말 좋지 않았다.

　안색이 하얗다 못해 파래진 상태였다.

　네 사람이 각기 다른 생각으로 머리를 굴리고 있는 와중에도 택중은 풀밭에 쓰러진 채 숨을 헐떡이고 있었던 것이다. 그러다가도 갑자기 벌떡 일어나 또다시 구토를 해 대는 그였다.

　그때마다 내장 조각이 섞인 피가 한 사발씩 쏟아져 나왔다.

이미 그의 앞섶은 검붉게 변해 있었고, 그걸로도 모자라 그자 누운 자리에 나 있던 풀들은 검게 변해 있었다.

"하악! 하악! 하악!"

피를 토하곤 도로 누운 택중이 숨을 헐떡거렸다.

그런 그들 네 사람이 물끄러미 쳐다보았다.

그러길 한참. 진수화가 안쓰럽다는 눈빛을 해 보이며 말했다.

"아무래도 고 공자는 감당 못할 무공을 익힌 거 같네요."

누구도 대꾸하진 않았지만, 또한 누구도 부정하지 않았다.

누가 봐도 그렇게 보였기 때문이다.

그에게 뇌격검을 가르친 은설란조차 고개를 끄덕일 정도였다.

사실, 그녀로선 택중이 뇌격검의 제일초 일지검뇌의 무리를 이용해 총을 쏘았으리라곤 상상치도 못하고 있었다.

애당초 그런 게 가능하리라고 생각지도 못했기 때문이다.

더욱이 지금의 택중이 지닌 실력으로는……

'아! 원래 그는 고수였다고 했었지!'

그것도 초절정에 이르는 고수라고 하지 않았었나!

그렇다면 가능한 일이다.

저런 무기에 저런 식의 뇌전을 쏘아 내는 게 원래부터 있던 무공인지, 아니면……

'혹시 뇌격검의 무리를 이용한 걸까?'

그제야 그녀는 의심하기 시작했다.

그리고 결론은 금방 나왔다.

'만일 그랬다면 그는……'

천재다!

처음 그에게 무공을 가르칠 때 보여 주었던 모습과는 판이하게 다른 모습. 무재가 있는 정도가 아니라 하늘이 내린 재능이라고 보아도 무방할 만큼…….

'정말이지, 신비한 사람!'

은설란이 감탄 어린 눈으로 택중을 바라보고 있을 때였다.

하늘이 내린 천재(?)가 천천히 몸을 일으키고 있었다.

그러곤 천천히 기어오더니 권총을 들어 올렸다.

순간 사색이 된 일행이 자리에서 벌떡 일어나며 몸을 떨었다.

그 순간 택중이 더듬더듬 말문을 열었다.

"더는 못 쏴요. 그러니까……."

비틀.

"이젠 난 몰라!"

털썩.

말을 채 끝내지 못하고 쓰러져, 정신을 잃고 마는 택중이었다.

제25장
계속되는 위험

택중이 기절하고 난 뒤 한참이 지났을 때였다.

일행이 격전의 현장에서 그다지 멀지 않은 곳에 모여 있는 가운데, 날은 이미 저물어 해가 서산마루에 걸친 채 뉘엿뉘엿 넘어가려 하고 있었다.

"무……."

"어머! 고 공자가 깨어나려나 봐요?"

진수화가 외치자, 은설란이 달려왔다.

두 사람이 택중을 사이에 두고 염려 가득한 눈으로 바라보았다.

"무…… 울……."

"목이 마른 모양이에요."

수통을 기울여 택중의 입술에 대어 주자, 택중이 새처럼 입을 벌리고 혀를 날름거렸다.

그러다가 양이 차지 않는지, 순식간에 수통을 빼앗아 벌컥벌컥 마시는 택중이었다.

그리고 나서야 택중은 다시 쓰러지듯 누워 늘어져 버렸다.

"다시 정신을 잃은 건가요?"

옥란이 묻자, 진수화와 은설란이 동시에 고개를 내저었다.

"그럼, 자는 거?"

일제히 고개를 끄덕이는 두 사람이었다.

그로부터 다시 한 시진 가량의 시간이 흐른 뒤, 택중이 천천히 눈을 떴다.

'여긴?'

어둑어둑한 하늘이 보이고 있었다.

그는 잠시간 자신이 처한 현실을 알아채지 못하다가 낮에 있었던 일들을 기억해 냈다.

'아! 총을 쏜 것까진 기억이 나는데……. 아우, 머리야!'

뒤통수가 지끈거리는 게 무지하게 아프다.

절로 인상을 쓰는 택중. 그제야 그의 모습을 발견한 은설란이 그를 외쳐 불렀다.

"고 공자!"

"아, 안녕하세요?"

택중이 두통을 참지 못해서 콧잔등을 일그러뜨리며 대꾸하고 있었다.

진수화도 반갑게 그를 보았다.

천천히 몸을 일으킨 택중. 아니, 그러려고 했지만, 온몸이 쑤시는 게 일어나기가 쉽지 않았다.

한참만에야 몸을 일으킨 택중은 일행을 둘러보며 잠시 미안한 마음이 들고 말았다.

자신이 정신을 잃고 쓰러지는 바람에, 일행 역시 이러지도 저러지도 못한 채 숲 속에 머물고 있었던 것이다.

"저 때문에 미안하게 됐네요."

"괜찮아요."

'이럴 때 확 점수를 따 놔야지!'

"신경 쓰지 말고 몸부터 챙겨야 해요."

'신기자의 전인인데, 이 정도쯤이야.'

"휴우! 그러게요. 앗! 아니요. 당연한 일인데요, 뭘!"

'아우, 허벅지 아파! 갑자기 꼬집다니! 부도독님은 대체 무슨 생각이시람.'

각기 다른 생각이었지만 결과적으로 같은 반응이었다.

"아, 하하하하! 그러시다면야. 그럼……."

쿵!

택중이 민망한 듯 웃음을 흘리다가 그대로 쓰러져 버렸
다.

*　　　*　　　*

그 시각 그들이 싸웠던 격전지에서는 노승 하나가 천천
히 몸을 일으키고 있었다.

"……?"

상체를 일으키고 정신을 차리고 있는 그의 앞에는 십오
라고 쓰인 복면이 벗겨진 채 바닥에 나뒹굴고 있었다.

'이게 어찌 된 일인가……?'

푸른 뇌전이 자신의 몸을 관통하던 게 기억난 그는 재빨
리 옷을 들췄다.

복부에 시커먼 자국이 남아 있는 걸로 보아 꿈은 아니다.

그렇다면, 틀림없이 죽었어야 하거늘.

그 정도로 강력한 공격을 받고도 살아남다니, 아직은 죽
을 때가 아니란 말인가?

눈을 가늘게 뜨고 하늘을 올려다보고 있을 때였다.

"끄으으으."

저만치서 복면 십팔호가 깨어나는지 신음을 흘리고 있었
다.

그 역시 복면이 벗겨진 상태였다.

그렇게 그를 시작으로 하나둘씩 깨어나고 있었다.

그 모습을 보면서 노승은 생각했다.

'워낙 강맹한 뇌공이기에 죽을 것이라 생각했건만……'

다시 한 번 자신을 향해 그 이상한 무기를 겨누던 청년을 머릿속에 떠올린 노승.

그로선 이렇게 생각할 수밖에 없었다.

'그렇다면 그 청년이 우릴 살려 주었더란 말인가……'

순간 그의 입에서 염불이 터져 나왔다.

"아미타불 관세음보살, 진정 자비로운 심성을 지닌 아이로세."

눈을 감고 마는 노승이었다.

*　　　　*　　　　*

타닥타닥.

모닥불이 타면서 나무가 들썩거렸다.

그때마다 불꽃이 튀며 재가 날렸다.

그 앞에는 언제 났는지 택중이 무릎을 모은 채 두 팔로 껴안고 앉아 있었다.

모포를 뒤집어쓴 상태였다.

그냥 가만히 있어도 땀이 솟는 무더위임을 감안하면…… 확실히 이상하다.

하지만 그 이상한 일이 택중에게 벌어지고 있으니 어쩌겠는가.

추웠다.

으슬으슬 몸이 떨려 오는 택중이었다.

멍한 머릿속은 그렇다 치고, 이빨이 부딪힐 정도로 추워서 도저히 참을 수 없었던 것이다.

그런 그를 안타깝게 바라보는 일행들이었다.

그러면서도 의아한 그들이었다.

내상을 입었으면 일어나질 못하든가, 그게 아니라 깨어날 정도로 부상이 큰 게 아니라면 저와 같은 모습을 보일 이유가 없는데…….

그러나 그들은 알지 못했다.

지금 택중은 겉으로 보이는 것보다 훨씬 더 곤란한 문제에 직면해 있다는 것을.

'춥다! 한여름에 이렇게까지 추울 리가 없는데…….'

택중은 내공법을 모르기에 스스로 내부를 관조할 능력이 없었다.

어디까지나 그가 사용하는 내공은 B카스에서 빌린 능력 덕분이었으니까.

그렇다곤 하나, 그가 무리(武理)를 전혀 모른다는 얘긴 아니다.

이미 은설란에게 무공을 배우면서 기초적인 무공 이론은

꿰차고 있던 그였기에 자신의 상태가 어떠한지 하나씩 점검할 정도는 되었던 것이다.

'뇌격검은 극양의 무공. 원래대로라면 내가 지닌 내공의 양은 약 이 갑자 정도. 그렇기에 어지간해서는 내공이 딸려서 무공을 펼치지 못하는 상황은 벌어지지 않는다. 그러나……'

만일에 하나, 그의 가정이 맞는다면 지금 자신에게 벌어지고 있는 현상도 이해할 수 있을 터다.

여기까지 생각한 택중이 덜덜 떨리는 손으로 품 안을 더듬었다.

그의 손이 나왔을 때 들려 있는 것은 한 손에 쥐어질 정도로 작은 접이식 칼.

이른바 맥가이버 칼이었다.

칼날을 어렵사리 펼쳐 낸 택중이 주위를 둘러보았다.

아무도 그를 보는 사람이 없었다.

그러자 그는 이를 악물었다.

그러곤 돌연 칼날로 새끼손가락에 대고 문질렀다.

스캇!

상처가 생기며 핏방울이 떨어졌다.

뚝뚝!

바닥으로 떨어져 내리는 선분홍의 피를 보면서 택중이 인상을 썼다.

'제, 제길! 그렇게 된 거구나!'

한마디로 말하자면, 지금의 그는 내공이 완전히 고갈된 상태였다.

매일 아침마다 B카스를 복용하고 있으니, 원래대로라면 내일 아침이 되어서야 내공이 사라질 터인데…….

지금 그와 같은 상태가 되었다는 것은 한 가지 사실을 말해 주고 있었다.

'뇌전이 쏘아질 때마다 막대한 내공이 빠져나가는 거야!'

즉, 다시 말해서,

'제길! 내가 탄창이냐!'

총알이 없는 권총으로 뇌전을 쏘기 위해선 탄창에 총알을 채우듯 자신에게 막대한 내공이 채워져 있어야 가능하다는 얘기였다.

결국…….

'함부로 써서는 안 된다는 거네…….'

만일 거듭해서 그런 짓을 했다가는 목숨이 백 개라도 남아나질 않을 게 빤하다.

'그럼 어쩐다?'

아무래도 놈들이 쉽게 물러날 것 같지 않은데.

자신이 현재 지닌 무공으로는 그다지 큰 전력이 되질 않을 테고, 그렇다고 해서 뇌전을 함부로 쓰다가는 머잖아 곧로 갈 판이니 어찌해야 좋을지 판단이 서지 않았다.

'일단 내상인지 뭔지, 속에 난 상처부터 치료해야 할 텐데…….'

굳이 내부를 관조해 보지 않아도, 내상을 입었다는 것 정도는 깨닫고 있는 그였던 것이다.

다만 내공이 딸려서 벌벌 떠는 것이지 그렇게까지 큰 부상은 아닌 듯하다.

그렇다고 하더라도 그대로 방치했다간 나중에 더 큰 화를 불러올 공산이 크다.

그러니 일단 치료는 해야 하는데…….

택중이 떨리는 눈으로 은설란을 보았다.

때마침 그녀 역시 택중을 보고 있었기에 자신의 뜻을 전하기엔 무리가 없었다.

힘겹게 눈짓을 해 보인 뒤 천천히 몸을 일으킨 택중이 자리를 벗어났다.

사각사각.

수풀로 들어간 그가 잠시 기다리자, 은설란이 다가왔다.

그리고 물었다.

"무슨 일이에요? 설마 많이 다친 건가요?"

"……부탁 하나만 할게요."

"……?"

"운기조식이라고 있다던데…… 그걸 좀 가르쳐 줄 수 있나요?"

"……!"

운기조식이란 내공을 축기하는 것과는 조금 다른 개념의 호흡법이라 할 수 있었다.

간단히 말하면, 내상을 입었을 때 내공을 이용해 빠르게 치료하는 방법이라고 보면 될 터였다.

한데, 일부러 자신을 외진 곳으로 불러내 그런 걸 묻고 있으니 은설란으로서는 얼굴이 사색이 될 수밖에 없었다.

"어디 좀 봐요! 대체 얼마나 다쳤기에!"

"괜찮으니까, 운기조식법이나 가르쳐 줘요."

택중이 한사코 거부하니, 차마 다가가지 못하고 입술을 잘근 씹던 은설란.

그녀가 끝내 고개를 끄덕이며 그를 자리에 앉혔다.

그때부터 자신의 가문에서 대대로 전해 내려오는 운기조식법을 가르쳐 주기 시작했다.

사실 운기조식이라는 게 내공을 지니고 있지 않으면 무용지물이나 다름없었지만, 다행스럽게도 택중에겐 마르지 않는 내공이 있다는 사실을 알고 있었다.

그렇기에 그녀는 서슴없이 가르쳐 주고 있었던 것이다.

그러면서도 안타까운 표정을 감추지 못했다.

'대체 무슨 금제에 걸렸기에 무공을 기억 못하는 것도 모자라, 운기조식법까지 잊은 걸까?'

생각은 이렇게 했지만 겉으로 표현하지 않으며 그녀가 말했다.

"제가 호법을 설 테니까, 천천히 해 봐요. 시간은 얼마가 걸려도 좋으니까."

그녀가 일어나더니 택중을 막아섰다.

그런 그녀를 올려다보던 택중이 곧바로 가부좌를 틀고 앉았다.

그러곤 미리 가지고 온 B카스를 한 병 따서 마셨다.

이어 눈을 감고는 그녀가 일러 준 대로 구결을 외며 내부를 관조하기 시작했다.

처음엔 잘되지 않았지만, 몇 번의 시도 끝에 기경팔맥을 흐르는 내강을 느낄 수 있었다.

그때부터 그는 공력을 휘돌려 일주천시키기 시작했다.

물론 처음 하는 일이라 생각처럼 되지는 않았다.

아니, 다른 무인이라면 같은 내공을 가지고 십을 할 수 있는 걸 일밖에 하지 못하고 있었다.

그러나 그것만으로도 호흡이 편해지는 걸 느꼈다.

그렇게 몇 번이나 반복한 끝에 택중은 그나마 평상시처럼 움직일 수 있을 정도로는 회복할 수 있었다.

'아직 반에 반도 낫지 않았다.'

하니 틈나는 대로 운기조식을 해야만 할 터.

이렇게 생각하며 눈을 뜬 택중이 아직까지도 자신을 등

지고 서 있는 은설란을 향해 말했다.

"고마워요."

그제야 몸을 돌린 은설란이 그의 말을 받았다.

"아뇨, 이 정도 가지고 그러지 말아요."

고개를 천천히 내젓는 그녀의 볼이 붉게 달아올라 있었지만, 워낙 어두웠는지라 택중은 알아채지 못하고 있었다.

*　　　*　　　*

두 사람이 다시금 공터로 나오자, 그들을 발견한 세 사람은 일제히 생각했다.

'고 공자가 보기보다 많이 다친 모양이구나!'

이미 그들이 수풀 안에서 내상을 치료하고 왔다는 걸 눈치채고 있었던 것이다.

어찌 되었든 지금으로선 함부로 움직이기도 힘든 상황이란 게 그들의 판단이었다.

이미 날이 완전히 저물어 움직일 수도 없는데다가, 마차도 잃은 상황이니 밤길을 달리기도 수월치 않으니까.

괜스레 이런 상황에서 함부로 움직이다, 자칫 놈들의 포위망에 갇히기라도 했다간 크게 낭패 볼 공산이 컸다.

그나마 다행인 점은 네 마리의 말이 남아 있다는 것.

이로써 최악의 상황은 피한 셈이나, 택중의 몸이 저 지경이라면 설사 아침이 된들 출발할 수 있을는지도 모를 일이었다.

그렇게 생각하니 암담해져 오는 일행들이었다.

더욱이 더 큰 문제는…….

'놈들이 다시 오지 않는다는 보장이 없는데…….'

습격을 물리쳤지만, 과연 위기를 넘겼다고 확신할 수가 없었던 것이다.

게다가 낮에 왔던 자들은 모두 복면을 쓰고 있어서 정체를 숨기고 있었다.

물론 죽은 놈들의 복면을 벗겨 정체를 파악하려 한 그들이었다.

하나 흑사련의 대주급인 은설란이나 금의위의 수뇌부인 진수화와 옥란으로서도 놈들의 정체를 파악하지 못했다.

그만큼 철저하게 베일에 감춰진 자들만 보낸 것이리라.

'정도맹이냐고 물었을 때, 말을 더듬거렸었지.'

물론 짚이는 바가 있기는 했지만, 명확한 증거 없이 속단하기엔 조금 이르다는 생각이었다.

그런 마당에 여기서 이러고 있으니, 불안한 마음을 금할 길이 없다.

그렇다고 택중의 상태가 나쁜데 무리해서 이곳을 벗어나기도 그렇고…….

아무래도 안 되겠다는 듯 진수화가 자리를 털고 일어났다.

"주위를 살펴보고 올게요."

"······부탁해요."

은설란에게 고개를 끄덕여 보인 진수화가 옥란을 데리고 사라졌다.

무치가 모닥불을 살피는 동안, 은설란이 택중의 이마에서 땀을 닦아 내기 시작했다.

잠시 후, 수풀 너머에서 폭음이 터지는가 싶더니 하늘 위로 불꽃이 피어났다.

곧이어 수풀이 흔들리고, 진수화가 황급히 뛰어들며 소리쳤다.

"놈들이 몰려와요!"

"헛!"

무치가 자리에서 벌떡 일어나는 순간, 은설란이 택중과 함께 일어섰다.

"모두 말을 타요!"

진수화가 소리치며 뛰어나가자, 그 뒤를 택중의 손을 잡아 끌며 은설란이 따라붙었다.

이어 옥란과 무치가 그 뒤를 따라 적들을 경계하며 말이 매여 있는 쪽으로 몸을 날렸다.

히이이이잉!

일행이 말에 오르기 무섭게 말들이 울음을 토해 냈다.

그러곤 땅을 박차 앞으로 내달리기 시작했다.

가장 선두에 진수화가, 그 뒤로 말을 몰 줄 모르는 택중을 앞에 태운 은설란이, 마지막으로 무치와 옥란이 나란히 말을 몰았다.

한데 그 와중에도 은설란은 택중의 배낭을 챙기고 있었다.

두두두두두두두.

좁은 산길을 내달리며 말들이 일으킨 먼지가 자욱하게 피어올랐다.

어둠 속이라 앞이 잘 보이지 않았지만, 그들은 익숙한 솜씨로 말을 몰고 있었다.

그때였다.

촤아아아아악!

전방에 수십 가닥의 쇠사슬이 쏟아지기 시작했다.

히이이이잉!

놀란 일행들이 일제히 고삐를 당겨 말을 세우는 사이, 나무 위에서 시작된 쇠사슬들은 어느새 하나의 망을 이루고 말았다.

두두두두두두.

뒤쪽에서는 상당히 많은 수의 말발굽 소리가 지축을 울리고 있었다.

"포, 포위되었어요!"

"아뇨, 아직은 희망을 버릴 때가 아니에요!"

은설란이 소리치며 말머리를 돌렸다.

그녀의 시선을 따라 고개를 돌린 진수화가 표정을 굳히며 소리쳤다.

"수풀이 너무 무성해요! 게다가 저쪽은 벼랑이 있다구요!"

"그래도 어쩔 수 없잖아요!"

절체절명의 순간.

그들은 선택해야 했다.

그리고 그 순간은 길지 않았다.

"좋아요! 가요!"

진수화가 고삐를 당기는 순간, 그녀를 태운 말이 힘껏 땅을 지쳤다.

그러다가 일순간 땅을 박차고 날아올랐다.

히이이잉!

말 울음소리가 산중을 울리는 사이에 일행들을 태운 말들이 차례로 길가 옆 수풀을 타고 넘었다.

* * *

말을 달리는 와중에도 진수화는 옥란에게 부지런히 전음을 날리고 있었다.

—이 근방에 작전 중인 애들은 없어?

—한 개조만 와 있어요.

—누구? 일조?

—아뇨, 십육조.

—하, 하필? 십육조?

—놀고 있는 애들이 걔들밖에 없어서요.

—그래도 그렇지. 그 무능아들로는…….

—그렇긴 하죠. 그래도 없는 것보다는 낫지 않을까요?

—……차라리 없는 셈 치자.

—그럼 연락하지 마요?

—……옥란아.

—예?

—너 아까 수풀 뒤쪽으로 사라졌을 때 뭐했지?

—그야 신호탄 쏴 올렸죠.

—그럼 만약 네가 그들이라면, 지금쯤 뭘 하고 있을까?

—그야 지금쯤 이곳으로 달려왔겠죠.

—그렇지? 으득! 그놈들……. 필시 어딘가에서 술 처먹
고 있을 거다. 그런 놈들이 부른다고 올 거 같아?

—……자신 없네요.

—그러니까 포기해.

—……알겠어요. 하지만, 일단 연락이라도 취해 볼게요.

—네 마음대로 하세요.

진수화의 대꾸에 옥란이 피식 웃고는 품 안에 손을 찔러

넣었다.

그러면서 슬그머니 무치보다 뒤로 쳐져 말을 몰았다.

그리고 그녀의 손이 다시 빠져나왔을 때는 세 개의 구슬이 들려 있었다.

밀랍으로 뒤덮인 구슬이었는데, 그녀는 말을 달리는 와중에 위쪽을 향해 구슬들을 힘껏 던져 올렸다.

휙휙휙!

일행이 지나친 공간 위쪽에서 번쩍하고 빛이 터졌다.

동시에 밤하늘을 타고 솟구치는 세 개의 붉은빛. 어지간히 먼 곳에 있지 않으면 충분히 볼 만큼 밝은 붉은 궤적이 생겨났다.

그럼에도 정작 일행들은 눈치채지 못했다.

옥란이 뒤쪽에서 몰래 벌인 일이었기 때문이다.

뒤쪽에서 빛이 터진 것을 눈치챘더라도 그저 그들을 뒤쫓는 자들이 자신들의 동료에게 신호를 보낸 것쯤으로 생각할 터였다.

어찌 되었든 금의위 십육조, 통상 '꼴통 잡조'라 불리는 자들에게 신호를 보낸 것을 끝으로 옥란은 뒤도 돌아보지 않고 말을 달렸다.

*   *   *

일곱 명의 남녀가 언덕 위에서 뒹굴고 있었다.

그중 머리를 곱게 땋은 여인 하나가 갑자기 벌떡 일어나더니 토악질을 시작했다.

어제저녁에 시작해 아침까지 마신 술이 이제 와 구토를 일으킨 것이다.

"웩웩! 쓰읍, 기분 더럽네."

손등으로 입가를 문지르며 투덜거리는 그녀의 등 뒤에서 사내들이 낄낄거렸다.

"내장까지 나올라, 조심해라!"

"킥! 저년한테 남은 내장이 있던가? 어제 처드신 술만 해도 내장 따윈 싹 다 녹아 없어졌을걸!"

그러든지 말든지 여인은 여전히 반개한 눈을 한 채 입가만 문지르고 있었다.

그러다가 갑자기 눈가를 가늘게 해 보이며 하늘을 향해 목을 쭉 뻗어 냈다.

그러면서 동료에게 물었다.

"저거 왠지 익숙하지 않아?"

"어디?"

"저거 말이야, 붉은빛……. 안 보여?"

"그러네? 세 개나 되는데?"

"흠…… 조장, 신호탄 종류가 뭐, 뭐였지?"

조장이라 불린 사내는 그들이 바라보는 방향을 등지고

누운 채로 머리를 긁적였다.

"지랄. 그걸 왜 기억해야 하는데? 지들도 모르는 걸 왜 나한테 묻고 지랄이야, 지랄이!"

"그러니까, 뭐냐고! 이 새끼야!"

"얻다 대고 쌍욕이야!"

벌떡 일어난 조장이 그대로 굳어 버렸다.

그러다가 손을 들어 올리며 그가 더듬거렸다.

"붉은빛…… 저건 구조 신호인데……. 게다가 세 개면…… 위급하단 얘기!"

"호오! 그런 게 있었어?"

저만치에 누워 있던 사내가 몸을 일으켰다.

보통 사람보다 머리 두 개는 더 있는 것처럼 거구의 사내였다.

생긴 것만큼이나 무식해 보이는 철퇴를 들어 올려 어깨에 걸치며 사내가 말했다.

"슬슬 몸이 쑤셔 오던 참인데, 잘됐군. 어디 한 번 가 볼까?"

"……야 이 새꺄! 니가 조장이야? 왜 니 맘대로 간다 만다 결정하고 지랄인데?"

조장이 소리치면서도 검을 빗겨 찼다.

그러자 동료 중 유일한 홍일점인 여인이 피식 웃으며 소리쳤다.

"술내기에 져서 처맡은 주제에 이제 와서 주장 노릇하려는 심보는 뭔데?"

"그러니까, 누가 내기에서 이기랬냐?"

"미친놈……. 누가 언제 저 새끼 머리 뚜껑 좀 따 봐!"

"놔둬라! 저 새까 머릿속이 우리랑 구조가 같겠냐? 저거, 듣기도 하고 말은 해도 사람이 아니라니까."

낄낄낄.

여기저기서 웃음이 터져 나왔다.

하지만 그런 와중에도 그들은 분분히 떠날 준비를 하고 있었다.

이윽고 모든 준비를 마친 그들이 언덕 위에 나란히 섰다.

모두의 눈동자가 일제히 한곳을 바라보고 있었다.

옥란이 구조 신호를 띄웠던 방향이었다.

금의위 십육조 조장 도악이 나직하게 말했다.

"임무는 짧게."

조원들이 이어 외쳤다.

"휴식은 길게!"

그 순간 도악이 언덕에서 도약했다.

그러면서 소리쳤다.

"얘들아, 휴식 끝났다! 얼른 해치우고 다시 쉬자!"

잠시 후 그들을 태운 일곱 기의 말들이 무서운 속도로 산 속을 내달리기 시작했다.

사방에서 화살이 날아들었다.

쐐액!

한 대의 화살이 은설란의 볼을 스쳐 갔다.

팟!

핏물이 튀며 길게 꼬리를 남기곤 허공에서 흩어지고 있었지만, 은설란은 조금도 개의치 않았다.

아픔을 느낄 여유도 없었고, 설사 고통이 있다손 치더라도 지금은 그런 걸 신경 쓸 만한 상황이 아니었다.

그녀는 오로지 앞으로 달려 나가는 것만 생각했다.

천지사방에서 들려오는 기척만으로도 자신들을 뒤쫓는 자들의 숫자가 얼마나 많은지 쯤은 쉽게 짐작할 수 있었기 때문이다.

당연히 멈춰서 놈들을 상대할 생각 따윈 없었다.

계란으로 바위를 치는 것이 원래부터 의미 없는 일이지만, 유사시엔 그런 미친 짓도 아주 하지 않을 순 없다.

하지만 지금 같은 경우엔 해당 사항이 없다.

바위도 바위 나름인 것이다.

아주 작정하고 나선 모양인데, 놈들을 상대로 싸우며 그 와중에 택중을 지킨다는 건 애당초 불가능하다고 여긴 것이다.

두두두두두두.

진수화가 탄 말을 바짝 뒤쫓아 은설란이 말을 몰고 있을 때였다.

"여기만 벗어나면 될 거예요!"

산비탈을 내려갔다가 다시금 언덕이 이어지고 있었다.

은설란이 물었다.

"언덕 너머엔 놈들이 없을까요?"

"그야 모르죠. 하지만 지금은 이게 최선이에요. 저쪽엔 깎아지른 벼랑이 있으니, 아마도 놈들이 거기까지 포위망을 구축했을 리 없어요."

"그걸 어떻게……."

"아느냐고요?"

말을 몰면서, 세찬 바람을 맞아가며 대화를 하려니 숨이 찬 그들이었다.

진수화가 잠시 호흡을 고르는가 싶더니 다시 외쳤다.

"그야, 아까 주위를 돌아본다고 했잖아요."

"……."

과연.

'틀림없이 뭔가 있다는 거군.'

그렇지 않고서야 그 짧은 시간 만에 주위의 지형을 완벽하게 파악해 낼 수 없다.

설사 그녀의 말이 사실일지라도, 그 능력만큼은 이미 일개 여인이 갖출 만한 것이 아니다.

의심이 불쑥 치솟는 가운데, 그들이 탄 말이 어느새 언덕을 타고 넘는 중이었다.

하지만 기세 좋게 달리던 은설란은 안색이 확 변하며 얼어붙지 않을 수 없었다.

휘이이이이.

그야말로 벼랑이 눈앞에 있었던 것이다.

도끼로 콱 찍어 내어 두 동강 난 바위처럼, 길이라곤 찾아볼 수 없는 허공.

그 허공이 눈앞에 시원스레 펼쳐져 있었다.

"지, 지금 여기서 어디로 가겠단 거죠?"

뭔가 대책이 있어서 왔겠지 싶었던 은설란이었다.

그러나 들려온 대답은 그녀를 절망의 구렁텅이로 밀어 넣기에 충분하고도 남았다.

—절 믿나요?

진수화로부터의 전음이었다.

생각 같아선 '아니'라고 외치고 싶었지만, 은설란은 고개를 끄덕였다.

—그럼 이제부터 하는 말 잘 들어요.

끄덕.

—그러니까……

전음이 이어지는 동안 은설란은 눈을 휘둥그레 뜨기도

하고, 그런가 하면 또 몸을 치 떨기도 했다.

대체 무슨 말이 오가는지 몰랐기에 일행은 그저 묵묵히 말을 달릴 뿐이었다.

그러다 진수화가 말머리를 돌리며 멈춰 서자, 그녀를 뒤따르던 일행 모두가 일제히 말을 세웠다.

진수화가 소리쳤다.

"옥란은 날 따라오고, 무 소협은 저쪽으로 가 주세요."

그녀가 가리키는 방향은 왔던 길에서 조금씩 빗겨난 한 시 방향과 열한 시 방향이었다.

말인즉슨, 산개였다.

흩어져 추격해 오는 적들을 갈라놓자는 얘기인 것이다.

그럼 은설란과 택중은?

일행이 의아해져서 진수화를 바라보자, 진수화가 은설란을 향해 의미심장한 미소를 지어 보였다.

이에 은설란이 고개를 끄덕이곤 택중을 끌어안았다.

내공을 회복했음에도 아직은 힘에 겨운지 계속해서 땀을 흘리는 택중이었다.

더욱이 말을 달리면서 내상이 도진 모양이었다.

아까보다 상태가 더 나빠져 있었다.

그런 그를 어렵사리 말에서 끌어 내린 은설란이 앞으로 가서 앉았다.

그러곤 택중을 업고 난 뒤 상의를 찢어 낸 천으로 꽉 동여맸다.

의아해진 택중이 뭐라고 물으려는 찰나였다.

"제발 그냥 있어요."

"······?"

"저도 부끄럽단 말이에요."

그 순간 뒤쪽에서 여인의 음성 한줄기가 들려왔다.

"그럼 갈까요?"

진수화가 물었고, 은설란이 고개를 끄덕였다.

순간 고삐를 확 당기며 진수화가 소리쳤다.

"이럇! 모두 건투를 빌어요!"

그녀가 탄 말이 한 시 방향을 향해 내달리자, 그 뒤를 옥란이 바짝 따라붙어 사라져 갔다.

무치 역시 은설란에게 고개를 끄덕여 보인 뒤 힘차게 말을 걸어찼다.

히이이잉!

그가 탄 말이 앞발을 번쩍 치켜들었다가 기세 좋게 뛰쳐나갔다.

무치마저 열한 시 방향으로 사라지고 나자, 은설란이 자신을 태우고 여기까지 와 준 말에게 다가갔다.

갈기를 한차례 쓰다듬으며 그녀가 소곤거렸다.

"부탁할게."

히이이잉.

말은 그녀의 얘기를 알아듣기라도 하는 듯 힘차게 울었다.

그 순간 은설란이 말 엉덩이를 세차게 후려쳤다.

이히히히힝!

발악하듯 울음을 터뜨린 말이 힘껏 도약했다.

그러곤 그 기세를 몰아 정시 방향, 즉, 그들이 왔던 길을 돌아 내달리기 시작했다.

그 모습을 바라보던 은설란이 나직하게 말했다.

택중을 향해 던지는 말이었다.

"죽더라도 당신만은 지켜요. 그게 내 임무니까……."

그러곤 홱 돌아서 벼랑을 향해 걸어갔다.

휘이이잉.

까마득한 절벽이 이어지는 낭떠러지에서 무서운 강풍이 몰아쳐 솟구쳐 왔다.

펄럭펄럭.

그녀와 택중의 옷이 힘차게 펄럭이는 가운데, 은설란이 입술을 잘근 씹었다.

그러곤 가볍게 땅을 박찼다.

곧이어 끝 모를 낭떠러지가 시커먼 입을 벌린 채 두 사람을 삼키기 시작했다.

제26장

꼴통 잡조

택중을 안고 벼랑에서 뛰어내린 은설란은 속으로 숫자를
세었다.

하나, 둘, 셋…….

'지금이다!'

짧은 호흡으로 열까지 세었을 때 그녀는 재빨리 절벽을
향해 손을 뻗었다.

절벽에는 쇠사슬이 작은 망을 이루고 걸쳐져 있었다.

촤르르릉.

요란스러운 소리를 울리며 그녀가 쇠사슬에 매달리는 순
간, 그녀는 발로 절벽을 걷어찼다.

그러곤 제비처럼 몸을 휘돌려 한 바퀴 돌았다.

동시에 허공에서 자신이 딛고 서야 할 곳을 확인했다.

절벽은 움푹 들어가 있었고, 그곳에 사람 하나가 간신히 발을 딛고 설 만한 장소가 있었다.

'다행이다!'

진수화가 전음을 날렸을 때 반신반의했었는데 정말 절벽 중간에 저런 장소가 있다니, 놀라울 따름이었다.

처척.

택중과 함께 절벽 중간의 공간에 내려선 은설란.

좁은 공간 탓에 절벽에 들러붙다시피 한 그녀의 모습은 몹시 아슬아슬해 보였다.

그럼에도, 그녀는 조금도 망설이지 않았다.

진수화가 말해 준 대로 왼쪽으로 움직이기 시작했을 뿐이다.

마치 거미처럼 절벽에 매달려 게걸음을 걷기 시작한 지 반 각쯤 되자, 넝쿨이 잔뜩 자라있는 절벽 사이로 거짓말처럼 시커먼 동굴 하나가 모습을 드러냈다.

'대체 어떻게 안 거지?'

생각과 동시에 그녀는 몸을 날렸다.

좁다란 동굴 입구를 통해 두 사람의 신형이 빨려 들듯 사라졌다.

휘이이이이잉.

그를 삼켜 낸 동굴에서는 바람이 함께 빨려 들면서 쉴 새

없이 소리를 내고 있었다.

*   *   *

창! 창창, 창!

거듭 터지는 쇳소리와 함께 불꽃이 튀고 있었다.

진수화와 옥란은 쉴 새 없이 밀려드는 괴한들을 대상으로 검을 휘두르며 퇴로를 물색했다.

하지만, 어디에도 빠져나갈 구멍은 없었다.

겹겹이 포위한 채 계속해서 덤벼드는 복면인들로 사방은 인산인해를 이루고 있었던 것이다.

"부도독님, 제가 포위를 뚫겠어요! 그사이, 빠져나가세요!"

옥란이 외치는 소리에, 그녀와 등을 맞대고 있던 진수화가 뭐라고 소리치려다 그만두었다.

원래는 쓸데없는 짓 하지 마! 라고 말하려 했지만, 할 수가 없었다.

지금 같은 순간에는 소용없을 짓임을 알고 있었기 때문이다.

그만큼 현재의 진수화로서는 혼자서 포위망을 흩뜨리겠다는 옥란의 말을 반박할 수가 없었다.

포위망을 뚫고 위기를 벗어나기 위해서라면, 그래서 자

신을 살릴 수 있다면 옥란은 더한 짓도 할 테니까.

'크윽!'

욕지기가 터져 나오려는 걸 애써 참으며 진수화가 이를 갈았다.

그러면서 옥란이 앞으로 뛰쳐나가는 걸 지켜만 보았다.

"제길! 이 망할 것들 비키지 못해!"

울분에 차서 그녀가 외쳤다.

수하의 목숨을 담보로 살아남아야 하는 상황이 그녀를 미치게 만들고 있었다.

하지만 이렇게라도 살아남아야 한다.

단순히 살고 싶어서가 아니라, 그녀가 지닌 지위가 그렇게 만들고 있었다.

마음 같아선 옥란과 이곳에서 죽고 싶지만, 금의위 부도독이라는 신분은 죽음마저도 자유롭게 선택하지 못하는…… 지랄 맞은 직위인 것이다.

타핫!

땅을 박찬 진수화가 옥란이 짓쳐 든 방향으로 튀어 나갔다.

창! 차창, 창!

'빈틈!'

검을 뿌리고 쇄도하던 진수화가 갑자기 방향을 틀었다.

그러곤 옥란을 상대하느라 일시간 벌어진 적들의 틈바구

니로 몸을 던졌다.

쐐액!

등을 노리고 날아드는 칼날을 아슬아슬하게 피해 낸 진수화가 고함쳤다.

"어딜 감히!"

후웅!

그녀가 묘기라도 부리듯 몸을 휘돌려 검을 날렸다.

"크악!"

비명이 터지는 가운데서도 그녀는 계속해서 검을 휘둘렀고, 또 그때마다 조금씩 앞으로 나아갔다.

그리고 마침내 포위망을 벗어났을 때였다.

'오, 옥란!'

그곳을 벗어나기 전 옥란을 보기 위해 고개를 돌렸던 진수화가 이를 악물었다.

세 명의 적이 번갈아 찔러 오는 검을 쳐 내느라 정신없이 움직이는 옥란.

그녀의 온몸에선 이미 수많은 상처가 생겨나 진득한 핏물이 흐르고 있었다.

그 모습에 분노가 솟구친 진수화가 소리쳤다.

"쌍놈의 새끼들! 니들 다 죽었어!"

후웅!

검강을 일으킨 그녀가 왔던 길을 되돌아가기 시작했다.

"끅!"

"끄아아아아아!"

"커헉!"

비명이 터지며 괴한들이 쓰러지는 가운데, 진수화가 옥란의 이름을 불렀다.

"란아! 조금만 버텨!"

"부도독님! 왜 돌아온 거예요! 꺄악!"

주의가 흐트러지며 그만 상대방에게 일격을 허용하고만 옥란

그녀의 왼팔에 새로 생겨난 검상에서 피가 솟구쳤다.

"개자식들! 전부 죽여 버린다!"

진수화가 고함과 함께 몸을 날렸다.

서걱!

옥란에게 기습을 가했던 괴한의 머리가 허공으로 솟구쳤다.

목을 잃은 몸이 피를 뿌리며 쓰러지는 가운데, 진수화가 옥란을 막아섰다.

"헉헉헉! 부도독님, 대체 왜……?"

"쓸데없는 소리 마! 어차피 여길 벗어난다 해도 이 산에 펼쳐진 포위망을 벗어나긴 어려워! 그럴 바엔 차라리 여기서 너와 함께 죽는다!"

"부도독님!"

"충분히 쉬었지! 그럼 공격해!"

"……큭!"

옥란이 이를 악물며 검을 치켜들었다…….

그렇게 두 사람이 죽을힘을 다해 검을 휘둘렀다.

하지만 중과부적이었다.

쉴 새 없이 밀려드는 적들로 말미암아 시간이 갈수록 그들은 지쳐 가고 있었다.

벌써 십여 명을 쓰러뜨렸음에도 남은 자들은 그보다 더 많았다.

"헉헉헉헉……."

입가에서 단내가 물씬 풍겼다.

옥란이 입술을 잘근 씹으며 말했다.

"그동안 감사했어요, 부도독님!"

"깔깔깔깔! 너야말로 날 만나서 고생 많았다."

"그렇긴 하죠."

"요것이! 정말 그렇게 생각했단 말이렷다!"

말은 그렇게 뾰족하게 하고 있었지만, 진수화의 눈은 웃고 있었다.

그녀가 옥란을 향해 고개를 끄덕였다.

옥란 역시 마주 고개를 끄덕인 뒤 결연한 눈빛을 흘려 냈다.

"가자!"

"예!"

두 사람이 일제히 땅을 박찼다.

이제 더는 물러날 힘조차 남아 있지 않던 그들이기에 이번 공격을 마지막으로 장렬히 산화하려 했던 것이다.

그러나 운명은 그들의 소망을 들어줄 생각이 없는 듯했다.

쇄액!

거친 파공음이 전방에서 들려오는가 싶더니 괴한들 몇 명이 연거푸 쓰러졌다.

두두두두두두.

이어 들려오는 말발굽 소리.

일곱 명의 금의위들이 무서운 속도로 달려오는 모습도 눈에 띄었다.

옥란이 빙그레 웃으며 외쳤다.

"제가 이겼네요."

금의위 소속 제십육조. 일명 꼴통 잡조가 올 거라고 했던 걸 말하는 것일 테다.

"흥! 망할 것들! 빨리도 온다!"

진수화가 신경질을 내면서도 입가에 미소를 머금었다.

＊   ＊   ＊

동굴 안으로 깊숙이 들어간 은설란은 한순간 무너지듯 주저앉았다.

쿵!

중심을 잡지 못하고 쓰러진 그녀.

안고 있던 택중의 몸이 바닥에 떨어지며 그의 머리통이 바닥을 때렸다.

"어머!"

지친 와중에도 은설란이 재빨리 손을 뻗었지만…….

늦고 말았다.

이미 택중의 왼쪽 머리에서 피가 흐르고 있었다.

깜짝 놀란 그녀가 황급히 손가락을 뻗쳐 택중의 호흡을 확인했다.

다행히 택중은 숨은 쉬고 있었다.

절벽으로 떨어지는 동안 의식을 잃은 건지 깨어나지 못하고 있었을 뿐이다.

안심한 은설란이 한숨을 내쉬었다가 택중의 이마를 짚었다.

'열이 나!'

아까는 한기에 몸을 떨더니 이젠 열이 펄펄 끓고 있었다.

사실 절벽을 타고 내려오느라, 살피지 못했지만 택중이 몸을 떨고 있었던 건 이미 잘 알았다.

하지만, 그건 어디까지나 택중이 큰 충격을 받아 그런 줄

로만 알았는데…….

'어떻게 해야 하지?'

보통 무공을 익히게 되면, 어지간한 추위와 더위에는 강한 내성이 생기게 된다.

그렇기에 아주 악조건의 환경만 아니라면, 지금의 택중처럼 아픈 경우가 거의 없었다.

그래서 일반적으로 무인들이 가지고 다니는 상비약도 금창약 정도가 전부.

그러니 지금처럼 고열을 동반한 오한에 대한 대비책은 전무했다.

은설란이 어찌할 줄 모르다가 택중을 바로 눕혔다.

천장을 보는 모습으로 누운 택중을 보던 그녀는 갑자기 그의 옷을 벗기기 시작했다.

일단 몸에 가득한 열부터 빼낼 생각을 한 것이다.

한참 뒤, 속옷만 제외하곤 완전히 알몸이 된 택중이 가쁜 숨을 내쉬며 헐떡였다.

"헉헉…….."

말라 버린 입술 사이로 흘러나오는 더운 열기가 느껴질 정도였다.

은설란은 입술을 잘근 씹으며 사방을 둘러보았다.

"……!"

그러다가 눈을 흡떴다.

동굴 내부 벽면을 타고 흘러내리는 물을 발견했던 것이다.

그녀는 망설임 없이 윗옷을 벗었다.

그 때문에 어깨가 훤히 드러나고 말았지만, 그녀는 개의치 않았다.

누가 보는 사람이 있는 것도 아니었고, 설사 그렇다 해도 지금은 그런 걸 신경 쓸 때가 아니라 여긴 것이다.

은설란은 벗어 낸 옷으로 벽면을 훔쳤다.

물기가 서서히 빨려 들면서 옷이 짙게 물들어 갔다.

잠시 뒤, 물기를 빨아들인 옷이 무거워지고 손으로 느낄 만큼 축축해지자 그녀는 벽에서 물러났다.

스윽.

택중의 이마에 적당히 물기를 짜낸 옷을 올려놓자, 택중이 신음하며 몸을 뒤척였다.

그 뒤로도 수없이 벽과 택중을 오갔다.

얼마나 시간이 지났을까.

택중의 체온이 천천히 떨어지다가 정상이 되었다고 느낀 순간 은설란이 중얼거렸다.

"다행이야……."

풀썩.

지친 그녀가 옆으로 쓰러졌다.

그러곤 의식을 잃고 말았다.

　　　　*　　　*　　　*

　갈천성은 초조했다.

　'이럴 줄 알았으면 허락하지 않는 건데!'

　어제 은설란이 갑자기 찾아와 나들이를 가겠다고 했을 때만 해도 설마 일이 이렇게 되리라고는 상상하지 못했던 그였다.

　하지만 하루가 지나고도 그들이 돌아오지 않자 슬그머니 불안해진 그는 수하들을 풀어 두 사람을 수소문했다.

　그 결과 그들의 행적이 동정호 너머 악양 강변에서 끊겼다는 걸 알게 되었다.

　그러니 어찌 진정할 수가 있을까.

　그가 방 안을 서성이며 어디서부터 손을 써야 할지 고민하고 있을 때였다.

　갑자기 복도 쪽에서 인기척이 느껴지는가 싶더니 누군가 급히 달려오는 소리가 들리는 게 아닌가.

　혹시나 싶어 고개를 돌려 문 쪽을 바라보는 순간, 수하 하나가 다급한 모습으로 나타났다.

　그러곤 서둘러 외쳤다.

　"군산 일대에 수상한 자들이 모종의 움직임을 보이고 있다고 합니다."

"뭣이?"

"그뿐만이 아닙니다!"

"하면 더 있단 말이냐!"

"련 내에서도 수상한 움직임이 포착되었습니다!"

쾅!

바로 앞에 있던 다탁을 힘껏 내려친 갈천성이 바득바득
이를 갈았다.

그러면서 생각에 잠겼다.

'이것들이! 감히 우리 앞마당이라 할 수 있는 군산에서
분탕질을 치려고 드는 것도 모자라, 아예 본진에까지 들어
와 설치고 있단 말이지!'

생각하는 것만으로도 화가 치민 그였지만, 일단 흥분을
가라앉혔다.

그러곤 다시 생각했다.

'틀림없이 고 공자와 연관이 있다!'

서슬 퍼런 눈빛을 흘리며 그가 물었다.

"놈들의 정체는?"

잠시 머뭇거리던 수하가 대답했다.

"아무래도…… 정도맹 쪽인 거 같습니다."

그러자 갈천성이 서슴없이 되물었다.

"하면, 놈들의 전력은 어찌 되는가?"

"군산 일대엔 흑천단 삼 대 정도의 전력이, 련 내에는

일 대 정도의 전력이 포진되어 있습니다. 그리고……."

"……?"

"은 대주가 있는 것으로 추정되는 악양 쪽에는 군산 쪽보다 세 배 이상의 전력이……."

"뭣이!"

아예 작정을 하지 않고서야 어찌!

그래서는 설사 자신이 그곳에 있다고 한들 빠져나올 수 없을 터다.

마음이 급해진 갈천성이 급히 외쳤다.

"악양 쪽에 흑천단 오 개 전대와 흑랑단을 투입하라! 그리고 군산 일대엔 철호단을 급파한다! 또한 흑풍단에 일러 일각 안으로 집합토록 하라!"

"존명!"

수하가 날듯이 방을 빠져나가자, 갈천성이 다시 한 번 이를 갈면서 중얼거렸다.

"모조리 쓸어 주마!"

직접 나서서 련 내부터 정리할 참이었다.

그런 연후 군산을 그대로 통과해 도강한 후 악양에서 수하들과 합류해 그 아이들을 구해 내려는 생각이었다.

스윽!

마음의 결정을 내린 갈천성이 손을 들어 올리자, 한쪽 벽에 세워 두었던 검이 쏜살처럼 날아와 그의 손에 빨려

들었다.

콰직!

검을 힘껏 움켜잡은 갈천성이 거칠게 걸음을 내딛었다.

*　　　*　　　*

무치는 온몸이 피투성이가 된 채로 전방을 노려보았다.

수없이 늘어선 괴한들이 보였다.

이미 여기까지 오는 동안 셀 수조차 없는 자들을 베었던 무치는 여전히 눈에 살기를 뿜어내며 그들을 노려보았다.

그걸로도 모자라 그는 이를 드러낸 채 거칠게 고함쳤다.

"으아아아아아! 전부 덤벼!"

동시에 땅을 박찬 그가 무서운 속도로 쇄도했다.

창! 창! 창! 창!

맑은 쇳소리가 울리고, 무치를 둘러싼 채 불꽃이 연거푸 터졌다.

그러길 한참.

마침내 무치는 등에 커다란 상처를 입고 말았다.

어디서 날아왔는지 모를 눈먼 칼에 그만 당하고 만 것이다.

그럼에도, 그는 신음조차 흘리지 않았다.

그렇다고 해서 고통이 없는 것도 아니고, 충격을 받지 않은 것도 아니었다.

풀썩.

끝내 무릎이 꺾이며 그가 주저앉았다.

그 순간, 괴한 한 명이 커다란 칼을 들어 그의 목을 노리고 휘둘렀다.

휘익!

묵직한 파공음과 함께 서슬 퍼런 칼날이 날아들었다.

꾹.

눈을 부릅뜬 채 무치가 죽음을 기다리고 있을 때였다.

핑!

어디선가 가벼운 소리가 들리는가 싶더니, 이어 비단을 찢는 듯한 파공음이 들려왔다.

쐐액!

"컥!"

머리 위에서 비명이 터졌다.

동시에 무언가 바닥을 때리는 둔탁한 소리가 귓가로 날아들었다.

스윽.

고개를 돌린 무치가 입을 벌렸다.

자신을 향해 칼을 내려치려던 괴한이 쓰러져 있는 게 보였던 것이다.

'……?'

의아해진 무치가 눈을 가늘게 하고 살피자, 괴한의 이마 정중앙에 화살 한 대가 박혀 있는 게 보였다.

'원군?'

살았다는 안도감보다 대체 어디의 누가 도우러 왔는지에 대한 의심부터 들었다.

그러는 동안, 괴한들은 무치에게 덤벼들지 않은 채 돌아서고 있었다.

두두두두두두.

지축을 울리며 달려오는 자들을 알아챘기 때문이다.

무치 역시 눈을 들어 전방을 바라보았다.

그러곤 놀란 얼굴이 되어 더듬거렸다.

"어, 어떻게……?"

                    *   *   *

똑!

차가운 물방울이 이마로 떨어져 내렸다.

덕분에 어릿하던 정신이 보다 선명해진다.

똑!

다시 한 번 물방울이 이마를 때리자, 택중은 의식을 차리고 눈을 뜰 수 있었다.

천천히 상체를 일으키던 그는 가슴을 짓누르는 듯한 통

중에 멈칫하고 말았다.

그러나 그대로 주저앉을 그가 아니었다.

더욱이 바로 옆에 쓰러져 정신을 잃고 있는 여인을 보자니, 단 일 퍼센트도 그런 마음이 들지 않았다.

"끄으으으!"

신음이 터져 나오는 걸 애써 짓누르며 상체를 일으킨 택중.

그는 자신의 상체를 덮고 있던 은설란의 옷을 지그시 바라보다가 재빨리 배낭을 찾았다.

다행스럽게도 배낭이 있었다.

아마도 자신이 애지중지하는 걸 알고선 은설란이 챙겨 온 모양이었다.

그는 천천히 손을 뻗어 배낭을 들었다.

그러곤 그 안에서 B카스 한 병을 꺼내 들었다..

아니, 그러려다 말고 모조리 꺼냈다.

B카스는 총 일곱 병이었다.

그중 두 병은 한쪽으로 밀어 놓았다.

한 병은 은설란에게 줄 것이고, 또 한 병은 혹시나 모를 사태에 대비해 남겨 놓을 생각이었다.

그리고 나머지 다섯 병은······.

모조리 마셔 버릴 심산이었다.

'이렇게 많이 마시면 몸이 견뎌 낼 수 있을까?'

단순한 덧셈대로라면 다섯 병을 마시면 평소 한 병 마셨을 때보다 다섯 배가 넘는, 무려 십 갑자가 넘는 내공을 지니게 될 터다.

하지만 그게 아니라면 극악한 상황에 처하게 될지도 모른다.

최악의 경우 몸이 이겨 내지 못하고 터져 나가거나 녹아내리는 경우도 생길 수 있다.

그럼에도 택중은 결단을 내렸는지 눈을 빛냈다.

딸깍! 딸깍! 딸깍! 딸깍! 딸깍!

다섯 병을 한꺼번에 딴 그는 차례로 마시기 시작했다.

그러곤 가부좌를 틀고 앉아 눈을 감았다.

후웅!

벌써부터 그의 몸속에서는 내공이 휘몰아치며 난리를 부리고 있었다.

하지만 택중은 후회하지 않았다.

'반드시 해낸다!'

이렇게라도 하지 않으면, 자신이 죽게 되는 것은 기정사실.

그뿐만이 아니라, 저 여인도 죽는다.

오로지 자신을 살리겠다며 죽음을 무릅쓰고 사지를 뚫고 나온 은설란이 이곳에서 죽음을 맞게 되는 것이다.

꾹!

정좌한 채로 손에 힘을 불어넣은 택중이 그때부터 일주
천을 시작했다.

그로부터 일각여 후…….

ㅅㅅㅅㅅ.

바람 소리와 함께 귀가를 자극하는 희미한 기척에 은설
란은 눈을 떴다.

입구 쪽에서 들려오는 기척은 몹시 은밀했다.

정신을 차린 은설란은 자신의 바로 옆에 택중이 가부좌
를 튼 채 눈을 감고 있는 것을 보곤 이를 악물었다.

'만일에 하나라도 지금 고 공자를 건들게 되면…….'

최하가 반신불수요, 최악은 주화입마다!

으득!

'하필이면 이런 때 놈들이 쳐들어오다니!'

그녀는 하늘을 원망하며 재빨리 바닥에 떨어져 있는 옷
을 들어 걸쳐 입었다.

그러곤 허리춤에서 채찍을 풀어 냈다.

그 순간 적들이 몰아쳐 왔다.

쇄액!

빛이라곤 들이치지 않는 동굴 안에서 섬뜩한 소리만이
들려오고 있었다.

촤라라라라락.

은설란은 바로 채찍을 휘둘렀다.

깡!

눈을 홉떴던 그녀가 이내 사나운 표정을 지었다.

방금 그녀를 향해 날아든 것은 암기가 분명한 듯, 더 이상의 공격은 없었다.

기습은 겨우 한 번에 불과했지만, 그녀는 긴장을 풀지 않았다.

아니, 그럴 수 없었다.

암기가 자신의 채찍에 튕겨져 벽과 격돌하며 불꽃이 튀는 찰나의 순간, 그녀는 볼 수 있었기 때문이다.

동굴 입구를 등진 채 늘어선 십수 명의 괴한들을.

은설란이 택중을 막아서며 그들을 노려보았을 때였다.

화르륵.

그때 주위가 밝아졌다.

동시에 횃불을 들고 서 있는 괴한들이 모습을 드러냈다.

역시 그녀가 찰나지간 확인한 것처럼 십수 명의 사내들이 복면을 뒤집어쓰고 있었다.

으득.

은설란이 분노에 차서 이를 갈아 대는 순간, 공간 너머에서 묵직한 저음이 흘러들었다.

"포기해!"

"……."

"죽고 싶지 않다면 그자를 넘겨!"

좌라라락.

대답 대신 은설란이 채찍을 휘둘렀다.

하지만 놈들은 이미 예상하고 있었다는 듯 손쉽게 그녀의 공격을 막아 냈다.

단 한 번의 충돌이었지만, 아무래도 혼자서는 저들을 모두 물리치기 어렵다 여겨졌다.

'여기까지인가?'

은설란이 고개를 돌려 택중을 바라보았다.

'미안해요.'

자신을 믿고 따라나섰던 사내.

그럼에도, 그녀는 결국 그를 지키지 못했다.

은설란의 긴 속눈썹이 파르르 떨리는 순간이었다.

쐐액!

날카로운 파공음이 동굴을 울렸다.

순간 은설란이 허리를 비틀며 무섭게 손을 뿌렸다.

그러자 손끝에서 채찍이 쏘아졌다.

팡!

허공을 격하고 북을 두드리듯 검날을 쳐 낸 채찍은 충돌로 인한 탄력으로 되돌아왔다.

하나 그녀는 그걸 용납하지 않았다.

휘릭!

손목을 꺾으며 탄력적으로 채찍을 휘두르자, 다시 한 번 쏘아졌다.

좌라라라라락!

전방을 점하며 한차례 놈을 위협하자, 막 땅을 박차고 덤벼들려던 복면인들이 주춤하다가 뒤로 물러섰다.

그런 그들을 쏘아보며 은설란이 외쳤다.

"누구도 저분을 해할 수 없다!"

서슬 퍼런 엄포였지만, 안타깝게도 놈들에겐 조금의 위협도 되지 않았다.

"크크크, 년…… 부디 죽지 마라! 오늘 이 몸께서 네년에게 여인으로서 최고의 기쁨이 무엇인지 알려 줄 테니까!"

도저히 정파라고는 믿을 수 없을 만큼 지저분한 입담이었다.

그러나 은설란은 신경 쓰지 않았다.

지금 그녀에게 있어서 중요한 것은 어떻게 하면 택중을 살릴 수 있을까 뿐이었기 때문이다.

'고 공자를 살리기 위해선 내가 죽어야 해!'

자신이 미끼가 되어 저들을 이곳에서 끌고 나가지 않으면 택중이 살 수 있는 일말의 가능성도 없다.

뿐만 아니라, 그녀가 저들을 동반한 채 벼랑 아래로 떨어져 함께 죽지 않는 한 그 일말의 가능성도 무로 돌아가리라.

솔직히 그렇게 해서도 택중이 끝내 살 수 있을 거라고 자신하지 못하나, 그렇게라도 일단은 목숨을 붙여 놓아야 한다는 게 그녀의 생각이었다.

그래야만 혹시 올지 모르는 원군에게 구출될 가능성이 있으니까.

'하늘이 무심치 않다면 마지막 소원만큼은 반드시 들어주실 거야!'

결심했는지 눈을 번뜩인 그녀가 채찍을 휘두르며 뛰쳐나가기 위해 자세를 잡았을 때였다.

턱!

어깨 위로 느껴지는 감각.

부르르.

은설란의 눈동자가 크게 흔들렸다.

그 순간, 익숙한 음성이 그녀의 가슴을 뒤흔들었다.

"……제가 할게요."

왈칵 쏟아질 것 같은 눈물을 보이지 않기 위해 은설란은 무던히 애써야 했다.

그래서 그녀는 쉬이 돌아설 수 없었다.

그러나 처음부터 그럴 필요가 없었는지 모른다.

그녀의 앞으로 나선 택중이 가만히 손을 내밀어 그녀의 눈물을 훔쳐 주었기 때문이다.

그러곤 말했다.

"잠깐만 기다려 줄래요?"

은설란은 말없이 고개를 끄덕였다.

그러면서도 애써 웃었다.

그러자, 택중 역시 옅은 미소를 입가에 머금었다.

은설란의 떨리는 속눈썹 아래로 눈빛이 흔들렸다.

그 모습을 일별하며 돌아선 택중이 복면인들을 쓸어 보
았다.

어느새 달라진 기도.

후우우우웅!

가히 폭풍처럼 터져 나오는 기세!

그것은 무형의 기운이 되어 전방으로 몰아쳤다.

"헉!"

놀란 복면인들이 뒤로 주춤 물러섰을 때, 택중이 천천히
한 발을 내딛었다.

쿵!

바닥이 울리는 순간, 동굴이 우르르 떨었다.

동시에 천장에서 돌가루들이 떨어져 사방에 뿌연 먼지가
피어올랐다.

바로 그 순간이었다.

파지지지지직!

안개처럼 사방으로 퍼진 먼지 속에서 벼락과 같은 전뇌
가 요동치고 있었다.

마치 살아 있는 것처럼 꿈틀거리며 춤을 추는 전뇌의 다

발 속에서 묵직한 음성이 흘러나왔다.

"……마지막으로 기회를 주겠다."

누구도 대꾸할 엄두를 내지 못했다.

그사이 택중이 다시 말했다.

"떠나는 사람은 해치지 않겠다."

역시 누구 하나 토를 달지 못했다.

"하나, 그렇지 않다면……."

<u>스스스스</u>.

검을 치켜드는지 전뇌가 요동치다 못해 사방팔방으로 뻗어 나오고 있었다.

"살아 돌아가지 못할 것이다!"

후우우웅!

다시 한 번 폭풍 같은 기세가 몰아쳐 복면인들을 압박했다.

"끄윽!"

"헉!"

신음이 터져 나왔고, 그 와중에 누군가가 소리쳤다.

"놈은 혼자다! 쳐라!"

그러자 일순 정신을 차렸는지 분분히 외치며 달려드는 자들이 있었다.

"죽엇!"

타다다다닷!

십여 개의 발소리가 먼지 안개 속에서 동굴을 떨쳐 울렸다.

그때였다.

카가가가가가가강!

소름끼치는 소리와 함께 바닥에서 불꽃이 일어났다.

그리고 그것은 맹렬한 속도로 거리를 좁혀 왔다.

먼지 안개 속에서 바닥을 훑으며 일직선으로 이어지던 불꽃이 이윽고 오 장여 앞으로 다가왔을 때였다.

훙!

시퍼런 강기가 반월의 형태로 모습을 드러냈다.

"헛!"

"마, 말도 안 되는!"

"씨앙! 죽어라!"

신음과 경탄이 뒤섞이고, 그 가운데 악다구니가 터져 나오는 순간에도 반월의 강기는 맹렬한 속도로 공간을 갈라갔다.

슈아아아아악!

그리고 놈들이 검을 휘두르며 허공에 떠오른 순간, 그들을 훑고 지나갔다.

푸학!

뜨거운 액체가 사방으로 흩뿌렸고, 그 뒤를 이어 상체를 잃은 허리 아래의 신체가 바닥을 때렸다.

그런 뒤에야 그 위로 허공으로 솟구쳤던 상반신이 떨어져 내렸다.

때마침 먼지가 가시고, 시야가 맑아진 상황이었기에 살아남은 복면인들은 모두 볼 수 있었다.

눈앞에 펼쳐진 처참한 광경을.

반 토막이 되어 바닥에 나뒹구는 동료들의 시신을 보면서 그들은 눈앞이 아득해지는 느낌이었다.

하나 그들과는 달리 은설란은 격정으로 몸을 떨고 있었다.

방금 전 택중이 펼친 일수가 무엇인지 너무나 잘 알고 있었기 때문이었다.

반월의 강기가 전뇌를 품고 어둠 속에서 만월을 가른다!

뇌격검 제이초식 뇌격참월(雷擊斬月)이었던 것이다.

그것도 형만 흉내 낸 것이 아닌, 제대로 된 강기의 검격이었다.

부르르르.

그녀가 감격에 겨워 몸을 떨다가 끝내 눈을 글썽였다.

그리고 눈가에 차오르던 물기는 점차 방울지더니 볼을 타고 흘러내렸다.

그 순간이었다.

"기회는 이미 지나갔어!"

다시 한 번 택중이 검을 치켜들고 있었다.

하지만 이미 전의를 상실한 복면인들을 조금씩 뒤로 물러나는가 싶더니 일제히 몸을 돌려 동굴 밖을 향해 도주하기 시작했다.

그 모습을 보면서 택중이 검을 천천히 내려놓으려는 찰나였다.

"지랄들 하네. 개떼처럼 몰려들어 물고 뜯을 땐 언제고, 이제는 꼬리를 처말고 토끼려 들어? 하이, 나! 저 새끼들 진짜 개새들 아냐?"

"깔깔깔, 그러려고 얼굴을 가리고 온 거 아니겠어? 깡그리 죽일 생각을 하면서도 여차하면 튀려는 고약한 심보란 거지."

"새끼들. 아주 음흉한 놈들이구먼! 난 저런 새끼들이 제일 싫더라!"

농지거리하듯 떠들며 들어서는 한 떼의 남녀가 보였다.

그들은 정말 아무렇지도 않게 칼질을 시작했다.

휘익! 서걱!

"크악!"

"으아아아아!"

서걱서걱!

"끄아아아악!"

죽어 나자빠지는 복면인들을 보면서 택중이 눈살을 찌푸렸다.

그러다가 저만치서 걸어 오고 있는 자들을 알아보곤 손을 치켜들려고 했다.

하지만 그때 은설란 역시 익숙한 얼굴을 발견했는지, 갑자기 눈을 치뜨더니 반갑게 소리치는 게 아닌가.

"무치!"

무치가 고개를 숙여 보였다.

동시에 진수화와 옥란이 아는 체 해 왔다.

"조금만 기다려요! 이놈들부터 치우고 나서 얘기하자고요."

어떻게 된 상황인지 몰라 망연자실하던 은설란이 이내 정신을 차리곤 고개를 끄덕였다.

그때부터였다.

일곱 명의 남녀가 순식간에 모습을 감췄다.

스스스스스.

그리고 겨우 열 호흡이 지나기도 전에 상황은 종료되었다.

서걱.

"끅!"

마지막 살음을 끝으로 한줄기 비명이 터지고 난 후, 동굴 안은 조용해졌다.

그리고 일곱 명의 남녀가 다시 모습을 드러냈을 때, 동굴 안에 남아 있는 괴한들은 없었다.

모두가 바닥에 쓰러진 채 주검으로 변해 있었다.

기가 막힌 심정이 된 은설란이 떨리는 목소리로 물었다.

"저들이 누구기에……?"

"하하하하, 무척 아름다우시군요. 저로 말씀드릴 것 같으면……."

"지랄! 네가 왜 나서? 언니, 듣지 마요! 저 새끼 완전 호색한이거든? 근데 언니…… 정말 예쁘긴 하다? 나 완전 반할 거 같아! 우리 오늘 찐하게 한잔, 어때요?"

"미친년! 지금 같은 상황에 술이 댕기냐? 봐라, 이년아! 하얗던 내 옷이 붉게 물들어 있는걸. 이 꼴로 술을 마시고 싶냐고!"

"병신아! 넌 좀 찌그러져 있어! 아니면 가서 엄마 젖이나 더 먹고 오든가. 술 한잔 마시는 데 이것저것 다 가리고……. 네가 날 따라오려면 백 년은 이르거든! 하여간 병신도 저런 병신이 없다니까."

사내들과 함께 거친 입담을 나누고 있는 여인을 은설란은 어처구니없다는 듯 바라보았다.

하지만, 그녀의 심정이 어디 진수화만 할까.

그녀가 머리가 아프다는 듯, 한 손으로 이마를 짚으며 앞으로 나섰다.

그러면서 짧게 호통 쳤다.

"전부 물러서!"

순간 장내를 물로 씻긴 듯 말소리가 사라졌다.

하지만 그 순간이 너무나 짧았다.

정말이지 한 호흡 정도만 유지했을 뿐이다.

"아, 진짜! 부도독님, 너무 하는 거 아니쇼?!"

"그래요! 저희가 얼마나 힘들었는데……."

"아 놔! 이래서 이 일이 하기 싫은 거라니까! 직장을 바꾸든가 해야지, 이건 뭐!"

"거 봐! 그냥 술이나 마시자니까, 괜히 오자고 해서……."

눈을 씻고 봐도 군기라곤 찾아볼 수 없는 일단의 무리를 진수화가 바라보다가 은설란을 향해 돌아섰다.

"미안해요…… 수하들이 저 지경이라서."

"아, 아뇨."

서둘러 손을 내젓는 은설란 뒤로 택중을 보게 된 진수화가 소리쳐 물었다.

"고 공자는…… 괜찮은 거죠?"

"아!"

그제야 택중에게까지 생각이 미쳤던 걸까.

은설란이 서둘러 몸을 돌려 택중에게 달려갔다.

하지만 한 걸음을 남겨 놓고 멈춰 선 뒤 차마 다가가지 못했다.

그러곤 떨리는 음성으로 말했다.

"……고마워요."

"뭐가요?"

"그러니까……."

"저도 말할까 봐요."

"……?"

"살아 있어 줘서 고마워요."

은설란은 그만 할 말을 잃고 말았다.

뿐만 아니라, 가슴을 치고 올라오는 감정에 그녀는 그만 고개를 숙이고 말았다.

그때였다.

일행이 다가와 택중을 둘러싸며 엄지를 치켜들었다.

잠시 후, 소동이 가라앉고 꼴통 잡조가 동굴 안의 시신들을 모조리 밖으로 던져 버렸다.

아직까지 핏물이 남아 있었지만, 전보단 한결 나아진 상태에서 은설란이 물었다.

"저어…… 밖의 상황은 어떻죠?"

진수화가 대답했다.

"대강 이 근방에 있는 놈들은 처리했는데, 아직도 많이 남아 있네요."

천라지망이 펼쳐졌다는 얘기다.

겨우 한 사람을 없애기 위해, 혹은 잡아들이기 위해 산을 에워쌀 만큼 병력을 동원했다는 건, 그만큼 놈들이 속해 있는 단체가 거대하다는 방증일 터.

은설란이 어두운 얼굴이 되었을 때였다.

"걱정하지 마요, 언니. 이놈들이 어떻게 찾아냈는지 모르지만, 한동안은 놈들이라도 여기까지 오진 못할 거예요."

미소와 함께 대답하는 여인을 은설란이 쳐다보았다.

그 눈빛이 못 믿겠다는 듯 보였던 걸까.

여인이 다시 말했다.

"에이, 괜찮다니까요. 이래 봬도 여긴 안가(安家)라고요. 그러니……."

"미친년! 괜찮긴 뭐가 괜찮아! 한 번 들킨 안가는 그걸로 끝인 걸 몰라? 하여간 저년 머릿속에는 뭐가 들었는지……."

"뭐가 들긴, 술에 찌든 콩알만 한 뇌가 들었겠지."

"이런 잡것들이! 네들이 그런 말 할 처지냐? 확 그냥 십이지장을 꺼내 버릴까 보다!"

"헐! 저년 말하는 것 좀 봐. 조장, 나 말리지 마쇼! 내 오늘은 무슨 일이 있어도 끝장을 봐야겠소! 저년이 뒈지든가, 아니면 내가 죽든가. 양단 간 결판을 내야겠수다!"

조장이 나섰다.

"맘대로."

"조장!"

"조장!"

여인과 사내가 동시에 외치자, 조장이 졸린 듯한 눈으로 두 사람을 보며 말했다.

"네들이 언제는 내 말 들었냐? 휴우…… 술내기해서 뽑힌 조장이 다 그렇지 뭐."

고개를 내젓는 조장을 보면서 진수화는 인상을 구기고 있었다.

'잡것들! 아주 제 입으로 금의위 소속이라고 광고를 해라!'

아닌 게 아니라, 은설란은 그들의 대화를 통해 그들이 어느 단체에 소속된 자들임을 알아차렸다.

동시에 진수화와 옥란 역시 모 단체에 속해 있다는 것도 확신했다.

그럼에도 그녀는 굳이 따지고 들 생각이 없었다.

상황이 상황인지라 그럴 여유가 없었기 때문이다.

바로 그때였다.

택중이 앞으로 나서더니, 옥란에게 다가갔다.

"많이 다쳤네요?"

옥란이 별거 아니라는 듯 고개를 내젓다가 얼굴을 찡그리고 말았다.

그녀가 대수롭지 않다는 듯 말하고 있었지만, 한눈에도 여기저기 베인 상처들은 제법 깊어 보였다.

특히 옥란의 손바닥에선 시뻘건 피가 좔좔 흐르고 있었다.

비도를 사용하는 그녀로선 그 어떤 상처보다 치명적일 수 있었다.

특히 지금처럼 격전이 거듭되는 가운데, 감염되기라도 하면 몹시 위험할 수도 있다.

택중이 혀를 찼다.

"쯧쯧, 세균이라도 감염되면 어쩌려구 그래요?"

"괜찮아요."

옥란이 고개를 내저었지만, 택중은 배낭에서 둥그런 모양의 연고를 꺼내며 말했다.

"흉진다니까요."

"……."

"참내, 나중에 시집 못 갈지도 몰라요."

그는 안티푸라민이라고 쓰인 통을 열어 손가락으로 약을 떠내더니 상처 부위에 발랐다.

그러곤 밴드를 뜯어 살며시 붙여 주었다.

처리를 마친 택중이 일어서며 덧붙였다.

"밴드 더러워지면 갈아야 해요."

그는 여유분으로 쓰라며 밴드를 통째로 넘겨주었다.

그걸 받아 든 옥란이 손을 내려다보곤 눈을 빛냈다.

그녀의 눈에는…….

딸기가 잔뜩 그려진 밴드가 비쳤다.

그때 택중은 시선을 돌려 진수화 쪽을 보고 있었다.

'얼굴이 창백한 게 좋지 않네.'

내상을 입었거나 공력이 고갈되었음이 틀림없었다.

잠시 생각에 잠겼던 택중이 B카스 한 병을 옥란에게 던져 주며 말했다.

"나눠 마셔요. 상처 회복에 도움이 될 거예요."

그러곤 돌아서더니 은설란에게 갔다.

그사이 진수화와 함께 B카스를 따서 한 모금씩 입에 머금었던 그들은 일순 눈이 휘둥그레지더니 서둘러 가부좌를 틀고 주저앉았다.

이어 눈을 감고 운기에 들어가고 있었다.

그걸 보지도 않은 채 택중이 마지막으로 남은 B카스를 땄다.

딸깍.

그러곤 은설란에게 내밀었다.

"마셔요."

"이렇게 귀한 걸 제게 줘도 되는 거예요?"

"그러니까 주는 거예요."

"......?"

"허, 험. 그냥 그렇다는 얘기예요."

헛기침을 하는 택중을 보며 은설란이 배시시 웃었다.

잠시 후 동굴 안에선 온통 가부좌를 튼 사람들로 가득하게 되었다.

물론 그중에 꼴통 잡조는 쏙 빠져 있었다.

딱히 다친 사람도 없었거니와, B카스가 천고의 영약일지라도 눈길 하나 주지 않는 그들이었기 때문이다.

지금 그들이 바라는 것은 오직 하나.

술뿐이었던 것이다.

해서 택중이 그들에게 약속했다.

"언제고 오세요. 술집을 통째로 사 드릴게요."

"헉!"

"지, 진짜 통 크다!"

"와아! 뻥 제대로 치는데?"

여러 가지 반응이 나왔지만, 그중 제일은 역시 여인의 음성이었다.

"저…… 다 필요 없고……. 장가갔어요?"

한바탕 웃음이 동굴 안을 쓸고 지나간 후였다.

꼬르륵.

택중의 배에서 신음이 흘러나왔다.

"……?"

어느새 운기를 마치고 일어나던 진수화가 그를 쳐다보고, 일행의 시선이 택중에게 모였다.

그 순간 택중이 민망한 듯 머뭇거렸다.

한참만에야 그가 입술을 달싹거렸다.

"이……."

"……?"

"이런 때 배가 고파서…… 죄송해요."

고개를 숙이고 마는 택중이었다.

제27장
택중의 분노

어떠한 상황에서도 굶지 않는다.

왜냐?

바쁘다며, 혹은 밥맛 없다며 지나친 한 끼의 식사는 무슨 짓을 해도 되찾을 방도가 없으니까.

그리고 그 잃어버린 한 끼의 식사만큼 몸은 약해진다.

그 결과는?

체력이 저하되며 집중력이 흐려지며, 결국 될 일도 되지 않는다.

이것이 바로 택중의 평소 지론이다.

그래서인가?

아니면 타고난 걸까.

하지만 동굴 안에 고립된 상황에서 밥이 어디 있을까.

제대로 된 식자재도 없거니와, 조리 도구는 마차를 버리고 오면서 전부 그곳에 놔두고 왔다.

다행히 건포는 있어서 허기만은 달랠 수 있었다.

일행들이 하나둘 건네준 건포를 입안에 밀어 넣던 택중이 갑자기 주먹으로 자신의 가슴을 쳤다.

"무…… 울!"

꼴통 잡조의 누군가가 기가 막힌다는 듯 수통을 내밀자, 택중이 빼앗듯 낚아채 물을 마셨다.

"휴우! 이제야 살 것 같네."

팔팔한 모습으로 되살아난 그가 해맑게 웃어 보였다.

무척이나 행복해 보이는 그의 얼굴을 보면서 모두는 같은 생각을 하고 있었다.

'잡초 같은 놈!'

열사의 땅, 사막 한가운데 던져 놔도 살아남을 것만 같은 택중이었다.

그가 물었다.

"그러니까, 우리가 고립되었단 말이죠?"

"예. 사방이 모두 적이에요."

이어지는 진수화의 설명에 택중이 가만히 고개를 숙인 채 생각에 잠겨 들었다.

그러다가 심각한 어조로 말했다.

"아무래도 놈들의 목표는 나인 거 같네요."

그리고 단순히 납치가 목적은 아닌 거 같다.

될 수 있으면 생포하겠지만, 안 되면 죽여도 무방하다고 여기는 듯하다.

한마디로 자신을 사냥감으로 치부하고 있다는 얘기.

꿈틀.

이마 한편에서 힘줄이 불끈 솟았다가 가라앉았다.

택중이 일행들을 둘러보며 중얼거렸다.

"……그랬단 말이지."

뒤이어 그가 나직한 한숨과 함께 얘기했다.

"고양이도 구석에 몰리면 문다는 얘기가 있죠."

듣고 있던 옥란이 슬쩍 끼어들었다.

"그건 쥐 아닌가요?"

"……."

"……."

"아무튼지요. 놈들이 그렇게 나온다면 저도 어쩔 수 없죠."

살아남아야 하니까.

이대로 중원 땅에서 죽을 수는 없지 않은가.

게다가 그동안 벌은 돈을 다 써 보지도 못하고 죽는다니!

뿐만 아니라, 하나밖에 없는 여동생은 어쩌고?

거기다 여기서 죽으면 보험 처리도 안 되잖아!

으득.

생각만으로도 이가 갈리는 택중이었다.

그가 말했다.

"이제부터 설명할 테니까, 잘 들어요."

모두가 귀를 쫑긋 세우고 그의 얘기를 듣기 시작했다.

그때부터 얼마간의 시간이 흐른 뒤였다.

모든 설명을 마친 택중이 기합을 내질렀다.

"이에는 이! 눈에는 눈!"

"……그게 무슨 말이죠?"

"받은 대로 돌려주자는 말이죠!"

"호오! 멋진데?"

"깔깔깔, 아주 마음에 들어!"

꼴통 잡조가 기분 좋게 웃음을 터뜨렸을 때, 진수화는 눈가를 가늘게 한 채 택중을 보았다.

'대체 이 사람 정체가 뭐지? 어떻게 그런 물건을 가지고 있는 거지? 정말 신기자의 전인인가?'

반면 은설란은 깊어진 눈으로 그를 보았다.

'……무리하고 있어.'

그간 그녀가 보아오던 택중과 조금 달라 보이는 오늘이었던 것이다.

하지만 이해할 것도 같았다.

누군들 자기 목숨을 노리는데, 변하지 않을 수 있을까.

은설란이 미미하게 고개를 끄덕였다.

스윽.

택중이 일어나며 말했다.

"자, 이제 나가야죠. 계속 여기 있다간 일이 더 어려워
진다면서요?"

그의 얘기에 모두가 고개를 끄덕였다.

그러곤 결연한 표정으로 동굴을 나서기 시작했다.

*   *   *

"찾았다!"

동굴을 빠져나와 절벽을 올라온 일행을 발견했는지 복면
인들 중 누군가가 소리쳤다.

동시에 화살이 솟구치더니, 이내 기묘한 소리를 내었다.

삐이이이익.

그 소리가 마치 새 울음소리 같았다.

그때를 시작으로 사방에서 적들이 쏟아졌다.

하지만 이것은 일행이 의도한 것이기도 했다.

"자, 시작해 보자구!"

꼴통 잡조 중 홍일점 나지경(邪支景)이 기세 좋게 소리
쳤고, 조장인 도악(陶顎)을 비롯해 꼴통 잡조가 희희낙락하
며 땅을 박찼다.

그 뒤로 진수화와 옥란이 따라붙었다.

다음으로 택중을 가운데 두고 은설란과 무치가 함께했다.

쐐액!

화살들이 날아드는 순간, 나지경이 비웃었다.

"깔깔깔, 그런 걸로 되겠어?"

까가가가가강!

그녀가 검을 휘두르자, 화살들이 수수깡처럼 떨어졌다.

그와 동시에 그녀의 신형이 쏘아졌다.

전방의 숲 속에서 비명이 터졌다.

"끄아아아!"

사람이 사라지니, 화살 비 역시 멈추었다.

기다리던 꼴통 잡조가 튀어 나갔다.

그러면서 그들 중 하나가 무언가를 집어 던졌다.

휙!

둥근 원통 하나가 수풀 위로 떠올랐다.

그 순간, 꼴통 잡조 중 하나가 불화살을 쏘았다.

핑!

화살이 날아가 원통을 꿰뚫는 순간이었다.

쾅!

폭음과 함께 불길이 솟구쳤다.

수풀에 몸을 숨기고 있던 복면인들 위로 불길과 함께 파편이 쏘아졌다.

화르르륵!

비명 하나 남기지 않고, 사방으로 퍼져 나가는 불길 속에서 일행은 참아 왔던 분노를 터뜨렸다.

일제히 달려 나간 그들은 각자의 무기를 맹렬히 휘두르며 진격했다.

그렇게 전방을 일거에 쓸어버린 일행들은 조금의 망설임도 없이 뛰쳐나갔다.

"휘유! 대단한데?"

꼴통 잡조원 하나가 탄성을 내질렀다.

사방에 쓰러진 채 움직이지 않는 적들의 시신.

하기야 불길이 치솟는 가운데 있다 보면 눈먼 칼조차 두려울 터.

하물며 이쪽에서는 정확히 놈들을 노리고 무기를 휘두르고 있으니 당해 낼 방도가 없을 테니까.

택중의 설명을 들었을 때와는 또 다른 느낌이었다.

가히 천군만마가 부럽지 않은 화력 아닌가.

꼴통 잡조 한 명이 손에 들고 있는 부탄가스를 보면서 휘파람을 불었다.

그러자 그의 바로 옆에서 질책 어린 음성이 날아들었다.

"아무 때나 쓰지 말고 놈들이 한데 모였을 때 사용하라고 하지 않았어?"

"알아, 알아! 그냥 한번 시험 삼아 써 본 것뿐이라구!"

"미친놈! 꼭 찍어 먹어 봐야 똥인지 장인지 안다는 거냐?"

"새끼가 꼭 말을 해도! 알았어, 인마! 앞으론 조심할게!"

"꼭 그래야 할 꺼다. 아무 데서나 마구 쓰다가 꼭 필요할 때 없다고 했다간 내 손에 뒈질 줄 알아라!"

"흐흐흐! 염려 붙들어 매라고! 자! 이제 개새들 한 번 구워 볼까나?"

다들 의기양양하지 않을 수 없었다.

이제는 이곳을 벗어나는 것도 시간문제일 뿐이라 생각했다.

반면 택중의 얼굴은 어둡기만 했다.

'캠핑이라도 할까 봐 부탄가스를 여유 있게 챙겨 와서 그나마 다행이긴 한데……'

아직까지도 화염에 휩싸여 있는 수풀을 한차례 바라보곤 택중이 고개를 내저었다.

'다…… 죽었어?'

예상하지 않은 것은 아니지만, 막상 눈앞에서 사람들이 떼거지로 죽어 나가니 마음이 편할 리 없었다.

그럼에도, 그는 그 어떤 불평도 쏟아 내지 않았다.

이미 동굴 안에서도 대량 살상을, 그것도 매서운 손속으로 죽인 탓도 있었고,

'살기 위해선…… 그리고 지키기 위해서라면……'

택중은 잡념을 털어 내려 애쓰며 이를 악물었다.

그러곤 일행들에게 뒤처지지 않도록 뛰기 시작했다.

그렇게 얼마나 달렸을까.

그들의 등 뒤에서 말발굽 소리가 들려왔다.

땅이 울리며 빠르게 다가오는 소리에 꼴통 잡조의 조장 도악이 소리쳤다.

"길 옆 수풀로!"

꼴통 잡조가 왼쪽.

나머지가 오른쪽으로 몸을 날렸다.

그리고 얼마 지나지 않아, 기마대가 들이닥쳤다.

스무 기 정도의 인마였는데, 그들이 막 길가를 지나치려는 순간 도악이 외쳤다.

"일제 투척!"

휙! 휙! 휙!

세 개의 부탄가스가 날아올랐다.

그와 동시에 불화살이 쏘아졌다.

콰과광!

연이은 폭발과 함께 말 위에 타고 있던 복면인들이 모조리 낙마했다.

화르르륵!

화염 속에서 복면인들이 하나같이 피를 흘리며 신음하고 있었다.

그런 그들을 향해 꼴통 잡조가 무기를 휘둘렀다.

"컥!"

"끄억!"

비명 뒤에 남은 것은 시뻘건 핏물과 함께 바닥에 처박힌 채 식어 가는 시신뿐이었다.

히이이잉!

안타까운 것은 말들 중에도 다친 말들이 나왔다는 점이었다.

하지만 모두가 그런 건 아니라서 살아남은 말들은 타오르는 불길 속에서 갑자기 멈추기도 하고, 앞발을 쳐들기도 하면서 혼란스러운 광경이 연출되고 있었다.

그때 도악이 땅을 박찼다.

"으랏!"

주인을 잃은 말 한 필을 골라 몸을 실은 도악이 말을 안정시키려 애썼다.

다행히 전마(戰馬)인지라, 귀를 막아 놓아서 폭발 소리에 놀란 것 같지는 않았다.

다만 눈앞에 보이는 화염과 사방에서 밀려드는 열기 때문에 놀란 것 같았다.

어찌 되었든 덕분에 일행들은 말을 얻을 수 있게 되었다.

그들은 각기 한 필씩의 말을 타고 빠르게 도주하기 시작했다.

"놈들을 막아라!"

간혹 괴한들이 나타나 그들을 막아섰지만, 그때마다 무기를 휘두르며 맹렬히 뚫고 나가니 어지간해선 막지 못했다.

그러다가 대규모의 적들을 만나면 조장 도악의 지휘하에 꼴통 잡조들이 부탄가스를 투척해 폭파시켜 버렸다.

"깔깔깔! 얼마든지 덤비라고! 나 무지막지한 여자거든!"

"무지막지하긴 하지! 밤새 술을 처먹고도 아침이면 또 술병부터 까고 보는 년이니까!"

"뭐라! 네가 나 술 처먹는 데 보태 준 거 있어?"

"없다, 이년아! 그래서 불만이냐?"

"불만은 없는데, 네가 마음에 안 들거든!"

욕설 비슷한 소리를 섞어 가며 주거니 받거니 달려가는 꼴통 잡조였지만, 그들 앞으로 적들이 튀어나올 때면 누가 먼저라 할 것 없이 칼을 휘둘렀다.

서걱서걱!

"이 새끼들이, 어딜 끼어들어! 이 형님이 얘기하시는 거 안 보여!"

"누가 아니래? 미친 새끼들이 어디 이 누님이 말씀하는 데 끼어들고 지랄들이내!"

적들 앞에서 만큼은 최강의 콤비네이션 플레이를 펼치는 꼴통 잡조였다.

거기에 무지막지한 화력을 지닌 부탄가스까지 주어졌으니, 무적일 수밖에.

더구나 그들 뒤에는 막강한 무공을 지닌 고수들이 있었다.

후웅!

검강을 뽑아낸 진수화가 무서운 기세로 사방을 쓸어갔다. 그때마다 꼴통 잡조가 놓친 적들이 쓰러졌다.

"으악!"

"끅!"

신음과 비명이 난무하는 가운데, 은설란이 펼쳐 낸 은살첩혈편이 대기를 찢어발겼다.

좌르르르르륵.

뒤이어 옥란이 손가락 사이에 끼고 있던 비도를 연이어 던져 냈다.

쇄액! 쇄액! 쇄액! 쇄액!

허공을 가르며 날아간 비도들이 괴한들의 이마와 가슴을 파고들었다.

털썩, 털썩, 털썩.

쉴 새 없는 파상공격에 적들의 진형이 서서히 무너지고, 마침내 탈출로가 확보되었다.

"달려!"

진수화가 외치자, 일행은 일제히 말을 몰았다.

쏜살같이 전장을 빠져나가는 그들을 괴한들은 더 이상 막지 못했다.

마침내 불가능할 것만 같던 탈출을 성공한 듯 보였다.

한 시진 가량을 더 달렸을 때, 일행을 쫓아오는 적들은 더 이상 보이지 않았던 것이다.

조금 더 달려가니, 나루터가 모습을 드러냈다.

이미 해가 떠올라 사위가 완전히 밝아져 있었기에 그들은 나루터에 있는 배 위로 가뿐히 올라섰다.

그리고 막 배를 출발시켰을 때였다.

물안개를 헤치며 다가오는 배들이 보였다.

모두가 놀라서 얼굴이 새파래지고 말았다.

이제 더 이상 부탄가스도 없을뿐더러, 일행의 체력과 내공까지 바닥을 보이고 있었기 때문이다.

하나 기우였던가.

배들이 점차 가까워지면서 익숙한 깃발을 볼 수 있었는데, 깃발에는 한 자루 검 아래 '련'이라는 글자가 새겨져 있었던 것이다.

화색이 감도는 얼굴로 은설란이 소리쳤다.

"아! 원군인가 봐요!"

그녀의 바로 옆에서 택중이 기분 좋게 웃었다.

그리고 일행들도 터져 나오는 웃음을 참지 않았다.

　　　　　　　　*　　　　　　*　　　　　　*

　모두는 놀라지 않을 수 없었다.

　설마 갈천성이 직접 오리라고는 생각지도 못했던 탓이었다.

　"고맙네."

　그는 평소 보여 주던 모습과 달리, 상당히 묵직한 어조로 진수화에게 고마움을 표했다.

　그 후에 택중을 비롯해 일행들의 안위를 묻고 나서야 갈천성은 자신이 타고 온 배로 먼저 돌아갔다.

　아직 군산과 련 내에 남은 적들을 완전히 소탕한 것이 아니기에 서둘러 돌아간 것이다.

　물론 흑천단만은 그대로 악양으로 진격시켜 괴한들을 완전히 쓸어버리도록 조치했다.

　그사이에 일행을 태운 배는 물살을 가르고 나아가 마침내 군산에 도착했다.

　그곳에 내린 모두는 다시 한 번 살아 돌아온 데 대해 자축하며 떠들었다.

　특히 꼴통 잡조는 하나같이 큰소리로 들떠서 소리치고 있었다.

　"진짜 끝내 준다!"

　"완전 죽여 주지 않아?!"

"이런 거만 있으면 굳이 무공 같은 거 익히지 않아도 되지 않을까!"

그만큼 그들이 겪은 일들은 경이로웠다.

평소 벽력탄을 사용할 일이 없었던 그들로서는 택중이 내준 부탄가스를 마음껏 사용하면서 아주 신바람이 났던 것이다.

반면 택중은 그런 그들과는 달리 굳은 얼굴을 하고 있었다.

그렇게 일행에서 다소 멀찍이 떨어진 채 고개를 숙이고 있는 그를 은설란이 물끄러미 바라보다 일어섰다.

사박사박.

택중에게 다가간 은설란이 그의 옆에 살며시 앉았다.

"오늘…… 힘들었죠?"

끄덕.

"죄송해요."

"……?"

택중이 그녀를 바라보았다.

그의 눈동자가 묻고 있었다.

'뭐가요?'

자신이 살기 위해 부탄가스까지 동원했고, 누군가를 지키기 위해 사람을 죽였다.

다 그럴 만하니까 피를 보았을 뿐인데, 그녀가 자신에게 미안해할 게 뭐가 있는 거지?

택중은 의아한 눈빛을 보냈다.

그러자 은설란이 물기가 점점 차오르는 눈이 되어 말하는 게 아닌가.

"저만 아니었으면, 나들이도 나오지 않았을 테고, 또……."

"아뇨, 그런 말 하지 말아요. 솔직히 그게 어디 누구 탓이라고만 할 수 있나요. 꼭 탓하고자 한다면 놈들 탓이지, 당신 탓은 아니잖아요? 그리고 오히려 고맙기만 한 걸요. 솔직히 정신없긴 했지만, 그래도 누군가와 나들이란 걸 해 본 게 처음이었거든요."

그렇게 말한 뒤 택중은 갑자기 두 손으로 자신의 머리를 헝클어뜨렸다.

"아이 씨! 왜 이렇게 말을 못하는 거지?"

그러면서 소리쳤다.

"아! 기분도 그런데, 제가 한턱 쏘죠!"

"……한턱을 쏴요?"

은설란이 손등으로 눈가를 훔치며 되물었지만, 택중은 대답 대신 벌떡 일어나더니 걸음을 옮기기 시작했다.

꼴통 잡조 앞으로 다가간 그가 외쳤다.

"오늘도 예외 없이 술 드실 거죠?"

일곱 명의 조원들이 일제히 고개를 끄덕였다.

당연한 걸 왜 묻느냐는 듯한 눈빛이었다.

"좋아요! 누가 가서 물고기 좀 잡아 올래요? 제가 정말 끝내 주는 매운탕 끓여 줄 테니까!"

"호오! 그거 좋지!"

"깔깔깔! 오빠, 완전 화끈한데?"

조원 두 사람이 동정호 어귀 쪽으로 향하고 난 뒤, 택중은 그들이 타고 온 배에서 솥 하나를 구해 왔다.

얼마 뒤 조원들이 팔뚝만 한 물고기를 네 마리 잡아서 돌아왔다.

그걸 받아 든 택중이 능숙한 솜씨로 배를 가르고, 창자를 꺼낸 뒤 매운탕을 끓이기 시작했다.

부글부글.

장작불 위로 걸어 놓은 솥단지에서 매운탕이 끓고 있었다.

냄새가 그럴듯했다. 참지 못한 나지경이 슬그머니 다가와 국자 째로 국물을 맛보았다.

"음, 먹을 만하네?"

얼큰한 것도 그렇고, 생선 특유의 시원한 국물 맛이 상당했다.

하지만 여기까지는 어디서나 맛볼 수 있는 맛이라 할 수 있었다.

나지경으로선 그다지 놀라울 것도 없었다.

"자, 그럼…… 마지막으로…."

스윽.

하지만 택중이 미원을 꺼내는 순간 세 사람의 눈빛이 달라졌다.

은설란, 진수화, 옥란은 눈을 반짝이며 준비했다.

한 손에는 국그릇을, 또 한 손에는 숟가락을 들고서 침을 삼켰다.

아직 미원 맛을 보지 못한 무치였지만, 그 역시 눈치를 채곤 일행들을 따라 했다.

그런 네 사람을 꼴통 잡조는 신기하다는 듯 쳐다보았다.

그사이 택중이 미원을 뿌렸다.

사사삭.

반투명의 가루가 매운탕 안으로 들어가고, 그가 국자를 휘휘 젓고는 맛을 보았다.

"좋네요! 이제 드셔도 돼요!"

말이 떨어지기 무섭게 네 사람이 달려들었다.

우걱우걱!

후루룩, 짭짭!

폭풍 흡입의 현장에서 꼴통 잡조는 이상하다는 듯 보면서 천천히 걸어왔다.

그러는 동안 솥단지에선 매운탕이 반으로 줄어들어 있었다.

그리고 마침내 꼴통 잡조가 국물을 퍼서 국그릇에 담았다.

도악을 비롯한 그들이 한 숟갈을 떠서 입안에 흘려 넣는 순간, 그들 모두는 할 말을 잃고 말았다.

"뭐야! 이거! 어지간한 요릿집보다 훨씬 맛있잖아!"

누군가 소리쳤고, 나지경이 벌컥 화를 냈다.

"사, 사기닷! 아까랑 완전히 맛이 다르잖아! 에잇! 이럴 줄 알았으면……."

번쩍!

그녀의 눈동자가 빛을 발했다.

이제라도 전투적으로 먹어야 한다!

휙휙휙휙휙휙휙.

누가 먼저랄 것도 없이 바쁘게 숟가락을 휘두르는 그들이었다.

매운탕을 순식간에 솥단지 째로 거덜 내 버린 일행이 자리에 주저앉을 때, 누군가 한심스럽다는 듯 중얼거렸다.

"안주할 건 남겼어야 하는데……."

그 순간 택중이 옅은 미소를 흘려 냈다.

"아, 그럴 줄 알고 두 마리 남겨 뒀어요."

"와! 형씨 끝내 주는데?"

"최고다!"

"호호호호. 오빠, 이따가 나랑 화끈하게 한잔할까?"

"미친년! 어따 들이대? 공자님께서 너 같은 년이랑 술잔을 섞기나 할 것 같아?"

"내가 어때서? 몸매 잘빠졌지, 머리에 든 거 없지, 술 잘 취하지, 중원 천지에 나처럼 완벽하게 삼박자를 고루 갖춘 여자가 어디 있다고그래?"

"지랄한다! 제발 어디 가서 우리랑 안다고 말하지 말아줄래?"

"시끄러! 나도 너 밥맛이거든!"

시끌벅적한 아침이 지나가고 있었다.

점심 무렵이 되어 군산을 떠나기 전, 꼴통 잡조가 앞으로 나섰다.

"도악이오. 저놈들하고 술내기에 저서 빌어먹게도 조장을 맡고 있소."

"호호호호, 나지경이에요. 공자님이라면 언제라도 환영이니, 꼭 한번 연락 주세요!"

"철중이오."

거구의 사내가 짧게 말하며 손을 내밀자, 택중이 엉겁결에 마주 손을 잡고 말았다.

꾹.

'크윽.'

아귀힘이 얼마나 센지, 분명 살살 쥐는 것 같았는데도 손이 너무 아팠다.

그걸 아는지 모르는지 철중은 기분 좋은 얼굴로 택중을
바라보다가 물러섰다.

"대운이외다."

"조황이오."

"하하하하. 천풍이올시다."

"유일도라 합니다."

연이어 자신을 소개한 뒤 꼴통 잡조가 말 위에 올랐다.

"우리도 이만 가 볼게요."

진수화가 아쉽다는 듯 택중을 보았다.

"진 소저……."

택중 역시 아쉬움을 숨기지 못했다.

'아직 팔 게 많은데…….'

진수화가 아련한 눈빛을 흘렸다.

'좀 더 정보를 캐냈어야 하는데…….'

그런 그녀를 향해 끝내 한마디 덧붙이는 택중이었다.

"알죠? 물건값은 만경 전장으로 입금하세요."

인사를 마치고 멀어지는 가운데, 옥란이 중얼거렸다.

"딸기……."

이미 상처가 다 나았음에도 여전히 손바닥에 붙여 둔 밴
드를 어루만지는 그녀였다.

제28장
각성

정도맹의 군사 설매향(雪梅香)이 분노로 몸을 떨었다.

다소 여성스러운 이름을 가진 모사, 설매향이었지만 자신에게 주어진 일과 관련해 사람을 대할 땐 상당히 엄격한 면이 없지 않았다.

"대체 일을 어찌하는 게요!"

"죄, 죄송합니다! 놈들이 워낙에 막강한 전력으로 밀어붙이는 바람에……."

"허! 지금 막강한 전력이라 하셨소? 전부 합쳐 봐야 열 명 남짓한 인원에, 고수라고는 달랑 넷이오. 그나마도 한 명만 초절정에 이른 고수임을 내가 다 아는데, 그걸 지금 변명이라고 하는 것이오?!"

"하지만……."

"하지만, 뭐요!"

"그 이상하게 생긴 벽련탄들 때문에……."

"그거라면 이미 보고된 바가 있지 않소? 이미 그에 대한 방비를 했을 터이니, 변명거리가 되지 않소!"

"그렇긴 하지만, 놈들이 워낙 기민하게 움직이는 바람에……."

"됐소! 그 문제는 그만하고……. 하여튼 이번 일 때문에 몹시 곤란하게 되었소. 뺏겨 버린 분타들 때문에 안 그래도 골치 아픈데, 그놈이 다시 흑사련으로 돌아가게 되었으니, 앞으로가 더욱 큰일이오."

"하면 지금이라도……."

"흥! 그걸 지금 말이라고 하는 게요? 놈들이 바보요? 한 번 당했으면 됐지, 또다시 당할 놈들로 보이오? 행여나 기대치 마시오. 이미 그의 거처를 중심으로 이중삼중의 경계망이 쳐졌을 게 빤하오! 아마도 련주전보다도 더욱 엄중한 경계를 할 테지. 그러니 섣불리 자극할 필요 없소. 차라리……."

설매향이 나직하게 말을 이어 갔다.

얘기는 한참 동안 이어졌다.

얼마 후 방 안에서 우렁찬 외침이 터져 나왔다.

"존명! 지시대로 준비하겠습니다."

"맹주님의 기대가 크오."

"반드시 성공하겠습니다."

수하가 나간 뒤 벽에 걸린 중원 지도를 바라보는 설매향의 눈빛이 더없이 깊어져 갔다.

어느새 그의 뇌리에 단목원의 이름 석 자가 떠오르고 있었다.

*　　　　*　　　　*

깊은 밤.

택중이 툇마루에 앉아서 고개를 쳐들고 있었다.

그 옆에는 은설란이 그를 보고 있었다.

그러다가 그녀가 물었다.

"뭘 그렇게 보는 거예요?"

"보는 게 아니에요."

"그럼?"

"보이는 거예요."

"……?"

대체 무슨 말인지 몰라서 고개를 갸웃거리고 있을 때였다.

택중이 불쑥 말했다.

"제가 있던 곳에선 저렇게 많은 걸 볼 수가 없었거든요."

"별…… 말인가요?"

한차례 가볍게 고개를 끄덕인 뒤 택중이 얘기했다.

"정말 쏟아질 듯하네요."

그만큼 별이 많다는 얘기였다.

아니, 정확히는 하늘이 맑다는 얘기일 터.

서울 하늘에서는 이제 아예 그와 같은 광경은 볼 수 없고, 그나마 시골에 가면 간혹 볼 수 있을 테니까.

그게 아니라도 택중처럼 도심에서 하루하루를 바쁘게 살아온 사람은 그럴 기회조차 없었으리라.

한데 여기 와 보니 이런 생각이 절로 들었던 것이다.

'저렇게 쏟아질 듯 많은 별이 머리 위에 있었구나!'

어쩌면 당연한 일인데, 막상 눈앞에 펼쳐진 은하수를 보자니 감동스럽기까지 하다.

그런 마음은 자연스럽게 자신의 처지에 대한 생각으로 이어졌다.

'이곳에 와서야 저걸 볼 수 있었다. 현대에 있을 때도 보고자 마음먹었다면, 어떻게 해서라도 볼 수 있을 텐데도……. 이런 건가? 라디오가 나를 이곳으로 보낸 것은 혹시 내게 이런 걸 보여 주려는 건 아닐까?'

물론 단순히 별을 보여 주려는 의도라고 생각하는 건 아니다.

보이지 않는 것.

그러나 실재하는 것에 대한 깨달음에 대한 얘기.

뭐랄까, 아직은 일어나지 않은 혹은 어디선가 일어나고 있는 일들 중 그가 없으면 절대로 할 수 없는 것에 대해 말하고자 하는 게 아닌가 하는 느낌이었다.

그러다가 갑자기 머리를 스치는 생각.

'무공이 늘고 있다.'

정말이었다.

어릴 때부터 죽도록 수련해 온 자들이 들으면 억울해 죽을 만큼 빠르게 늘고 있었다.

이제는 비약적으로 발전해서 뇌전을 뽑아내는 건 아무것도 아니게 되었다.

하기야 엊그제 빈 권총에서 쏘아 낸 뇌전만 해도 경이로운 일이라 할 수 있었다.

한데 이제는 그 정도가 아니었다.

마치 초절정 고수가 강기를 뿜어내듯, 자신은 뇌전을 뽑아 올리고 있었다.

물론 권총처럼 단단한 검만 있다면 뇌전을 쏘아 낼 수도 있을 터였다.

이를 테면 뇌전탄(雷電彈)이랄까.

하지만 그럴 수 있게 된다고 하더라도 내공이 막대하게 소진되는 뇌전탄을 함부로 사용할 수는 없을 것이다.

어찌 되었든 할 수 있으면서 안 하는 것과, 능력이 없어서 못하는 것은 천지차이.

지금의 택중은 전자 쪽이니 그 능력만 보자면, 어지간한 고수들은 그 앞에서 울고 갈 판이었다.

그리고 어제와 오늘이 달랐다.

그 증거로 지금도 그는 이상하게도 묘한 화두가 머릿속을 울리고 있었다.

'내공은 여전히 없는 것이나 마찬가지인 상태. 그럼에도 무공은 비약적으로 발전했다. 특히 뇌전을 다루는 것은 이미 일정 수준을 넘어섰어.'

조심스럽게 접근하고 있어서 펼쳐 보진 않았지만, 어쩌면 뇌격검의 후삼식을 펼칠 수도 있을 것만 같았다.

하지만, 금세 고개를 내젓고 마는 택중이었다.

'일단, 전삼식부터 완전히 내 것으로 만들어야 해.'

급히 먹은 밥이 체하는 것처럼, 성급한 마음으로 덤벼들었다가는 오히려 역효과가 날 수도 있다는 생각이 들었던 것이다.

하지만 가슴은 그렇지 않은 모양이었다.

무공 생각을 하자, 갑자기 심장이 뛰고 속이 더워졌다.

"왜 그래요?"

갑자기 자리에서 벌떡 일어나는 택중을 보며 은설란이 묻고 있었다.

"왠지 근질근질해져서요."

이렇게 말하며 제자리 뛰기를 하는 택중. 그가 한 손을 들어 밖을 가리키며 웃었다.

"한 바퀴 안 뛰고 올래요?"

"한 바퀴?"

"예, 동네 한 바퀴!"

"그럴까요?"

싱긋 웃으며 몸을 일으킨 은설란이 갑자기 튀어 나갔다. 그러면서 소리쳤다.

"지는 사람이 라면 끓여 주기!"

"에엣? 치, 치사하게!"

다급히 땅을 박차는 택중은 미처 생각하지 못하고 있었다.

누가 끓이든 간에 그 라면은 택중의 가방에서 나온다는 것을.

*　　　*　　　*

언덕에 오르자 탁 트인 밤하늘은 그야말로 장관이었다.

정말 금방이라도 쏟아질 듯한 별들이 암녹색의 밤하늘에 총총히 박혀 있었던 것이다.

그 아래에서 택중은 한껏 기지개를 켰다.

깊은 숨을 크게 들이마시며 지금의 여유를 즐겼다.

어제까지만 해도 죽음의 문턱에서 살기 위해 버둥거렸다는 게 꿈결처럼 느껴질 만큼 평화로운 일상이었다.

그 과정에서 그는 세상을 달리 보게 되는 중이었다.

'맑다!'

공기가 이렇게나 달콤할 수 있다는 걸 처음으로 알았다.

'넓구나!'

하늘은 더없이 높았고, 그 아래 펼쳐진 대지는 더없이 드넓었다.

그리고 자신은 또 그만큼이나 작게 느껴졌다.

그러나 그걸 느끼는 순간, 그는 또 하나의 깨달음을 가졌다.

이제껏 답답하고 좁게만 느껴졌던 세상이 한없이 넓다는 것을 깨닫는 순간, 그것이 자신의 가슴속으로 들어오면서 자기 자신 또한 한층 커져 간다는 것을.

그렇다.

세상 속에 내던져진 하나의 존재는 정말이지 작고 보잘 것없으나, 그 세상을 마음에 담는 순간 그 존재는 더 이상 작지 않은 것이다.

천지간의 삼라만상이 마음에 깃드는 순간, 사람은 또 하나의 우주가 된다.

'무극에서 양의가 나와 천지가 되고, 그사이에 내가 있음으로써 삼재가 된다. 음과 양으로 갈렸던 이원이 크고 작

음으로 인해 각각 나뉘어 사상이 되고, 화수목금토의 오행
원기로 가득차서 천지사방 육합으로 나아가니, 건태이진손
감간곤의 팔괘를 이룬다. 그리하여 일백, 이흑, 삼벽, 사
록, 오황, 육백, 칠적, 팔백, 구자가 되니, 이가 곧 천록,
안손, 식신, 징파, 귀, 합식, 진귀, 관인, 퇴식이니라.'

일원 곧 무극 혹은 태극이라 이르는 시원(始原)에서 구
궁(九宮)에 이르는 원리가 택중의 머릿속에서 펼쳐지고 있
었다.

그것은 마치 태초에 아무것도 아니었던 그 무엇이 엄청
난 힘으로 폭발에 공간을 가지고 시간을 더해 무한히 확장
해 나가는 듯한 광경이었다.

그 순간 택중은 눈을 감았다.

그리고 느꼈다.

머릿속에서, 아니, 그의 마음속에서 끝없이 펼쳐지기 시
작한 무한의 세계를.

그 속에서 시간은 의미가 없었다.

영원이라고 밖에는 표현할 수 없는 시간이었기에, 흐르
고 있다고 말할 수도 없는 상태였던 것이다.

뿐만 아니라 그가 어디에 있는지도 아무런 의미를 가지
지 못했다.

끝없이 확장되어 나아가는 공간은 이미 세상 어디로든
미치지 않는 곳이 없었고, 마음만으로도 그곳에 실재하는

이상 어떤 곳이든 그가 있었기 때문이다.

'나는 나다. 그러나 또한 내가 아니다.'

그렇기에, 나는……

무(無)이며, 만(滿)이다.

스스스.

갑자기 그의 몸이 떠올랐다.

처음에는 느끼지 못하던 은설란은 어느 순간 그걸 느끼고는 두 눈을 부릅떴다가 이내 진정했다.

그러고도 한차례 눈빛이 흔들렸던 그녀는 천천히 뒤로 물러났다.

그러면서도 은설란은 택중에게서 눈을 떼지 못했다.

동시에 사방에 대한 경계를 늦추지 않고 있었다.

그사이에도 택중은 점차 허공으로 떠올라, 이제는 삼 장이나 되는 높이에 이르러 있었다.

그 상태로 바람이 불 때면 흡사 나뭇잎이라도 된 듯이 흔들거렸다.

또한 쏟아지는 별빛을 받은 얼굴 위에선 은은하게 떠오른 미소가 가실 줄을 몰랐다.

그렇게 얼마나 시간이 흘렀을까.

사사사삭.

근방에 있던 소나무들이 미풍 속에서 흔들리며 한차례 몸을 떨 때쯤이었다.

택중의 몸에서 옅은 빛이 흘러나오기 시작했다.

"아!"

놀란 은설란이 터져 나오는 탄성을 삼키지 못하고, 두 손으로 자신의 입을 틀어막았다.

그 순간, 눈앞에서 섬광이 터졌다.

번쩍!

택중에게서 터져 나온 빛 무리가 세삼을 삼킬 기세로 사방을 쓸어 가는 순간, 은설란은 그만 눈을 감고 말았다.

그리고 잠시 후 눈을 떴던 그녀는 너무나 놀라 다시 눈을 감지 않을 수 없었다.

스르르르르.

서서히 땅을 향해 가라앉듯 내려오는 택중.

이윽고 그의 두 발이 땅에 닿는 순간, 그가 눈을 떴다.

그때까지도 고개를 돌린 채 눈을 뜨지 않고 있던 은설란이었다.

그런 그녀에게 택중이 물었다.

"왜 그러고 있어요?"

아무것도 느끼지 못하는 모양이었다.

은설란이 여전히 고개를 돌린 채로 말했다.

한데 그 음성이 떨리고 기어 들어가고 있었다.

"……오……."

"예? 뭐라구요?"

"오, 옷이 다 탔……."

"잘 안 들려요? 대체 왜 그러는 건데요?"

답답한 심정에 택중이 소리쳐 묻자, 은설란이 고개를 홱 돌려 눈을 번쩍 뜨더니 냅다 외쳤다.

"홀딱 벗었다구요!"

"……?"

그제야 택중은 자신의 몸을 내려다보곤 경악하고 말았다.

"으악!"

후다닥!

비명인지 신음인지 모를 소리를 토해 내며 수풀 속으로 뛰어든 택중이 소리 질렀다.

"다, 다 봤죠! 그죠!"

은설란이 얼굴을 붉힌 채 고개를 까닥거렸다.

그러면서 나직하게 중얼거렸다.

"……어, 어쩔 수 없네요. 제, 제가 책임지는 수밖에 는……."

"예? 지금 뭐라고 했어요?"

"아, 아니에요!"

화들짝 놀란 그녀가 몸을 돌려 냅다 뛰면서 소리쳤다.

"아이, 몰라!"

다급해진 택중이 고함쳤다.

"어? 그냥 가면 어떡해요! 전 어떻게 하라고!"

하지만 아무런 대꾸도 들려오지 않았다.

그렇게 언덕 위 수풀 속에 혼자 남겨진 택중.

그의 안타까운 외침만이 허공을 맴돌았다.

"아아아악! 돌아와! 돌아오라구!"

덧없는 외침이었다.

*　　　*　　　*

아직은 사위가 어두운 새벽이기에 간신히 남들의 눈에 띄지 않고 집으로 돌아올 수 있었던 택중.

그래도 혹시나 사람들과 마주칠까 봐 최대한 그늘진 곳을 택해 뛰어다녀야 했다.

'휴우! 다행이다!'

이제 모퉁이만 돌면 집이 보일 터였다.

해서 안도의 한숨까지 내쉬었는데…….

진짜 문제는 그때부터였다.

'허억!'

평소의 세 배는 강해진 경계.

열 명이 훌쩍 넘는 무사들이 한 손에 횃불을 들고 택중의 담벼락을 지키고 있었던 것이다.

자신의 집이 보이는 골목 모퉁이에서 눈만 내놓고 침을 삼키고 있던 택중은 끝내 결단을 내려야 했다.

이러다간 날이 샐 거고, 해가 뜨면 더욱더 상황이 어렵게 된다는 걸 깨달았기 때문이다.

그게 아니라도 지금 이 순간 어디에서 사람들이 튀어나 와 그의 몰골을 볼지 알 수 없었다.

그때였다.

그의 눈에 땅바닥에 굴러다니는 한 장의 나뭇잎이 보였 다.

'……!'

반사적으로 튀어 나간 택중이 막 나뭇잎을 집어 들었을 때였다.

"응?"

"왜 그래?"

잽싸게 모퉁이 뒤로 몸을 숨긴 택중의 귓가로 무사들의 외침이 들려왔다.

"저쪽에서 수상한 움직임이 있다!"

"그래?"

타다다닷!

무사들이 뛰어오는지, 발소리가 들려왔다.

그와 함께 서슬 퍼런 고함 소리도 뒤를 이었다.

"누구냐!"

"썩 나오지 못할까!"

으득!

택중은 이를 갈았다.

은설란에 대한 원망이 가슴에 들어차는 순간이었다.

스윽.

모퉁이에서 걸어 나온 그가 실실 웃었다.

"헛!"

"고, 고 공자님!"

무사들이 대번에 뜀박질을 멈추고 아연실색한 표정이 되었다.

그러거나 말거나 택중이 웃으며 말했다.

"하하하! 밤공기 참 좋죠? 아! 그래서 한바탕 뛰었더니, 너무 덥지 뭐예요!"

손바닥만 한 나뭇잎 한 장으로 가랑이 사이를 가리고 빠른 걸음으로 지나쳐 가는 택중에게서 무사들은 눈을 떼지 못했다.

그러다가 그만 눈살을 찌푸리며 고개를 돌리는 그들이었다.

미처 가리지 못한 뒤태가 그들의 시선을 가득 채워 왔기 때문이었다.

그러는 사이, 이윽고 택중이 집안으로 사라졌다.

*　　　*　　　*

집으로 들어온 택중을 기다리는 사람은 아무도 없었다.

당연히 있을 줄 알았던 은설란이 없었던 것이다.

"나 참! 그렇게 내빼곤 어디로 간 거야?"

집 주위에 엄중한 경계를 펴고 있으면 뭐하나?

정작 당사자인 자신은 그렇게 산속에 방치한 채 달아나고…….

그만큼 당황해서 그랬겠지만, 그 심정을 십분 이해한다고 해도 화가 나는 건 어쩔 수 없었다.

"에잇! 내일 아침에 보자!"

이번 일은 그냥 넘어가지 않을 심산이었다.

날이 밝고 만나기만 하면 철저하게 따질 생각이었던 것이다.

그렇게 택중은 잠자리에 들었다.

한데 몽롱한 그의 눈앞에 은설란이 나타났다.

화가 치솟은 그가 따져 물었다.

"정말 이러기요?"

"……너무 부끄러워서 그랬어요."

"그래도 그렇지! 너무하잖아요! 그리고 말이 나왔으니 하는 말인데, 당신만 내 껄 보고……. 너무 불공평하다고 생각하지 않아요?"

"그, 그럼 어떡하자구요?"

"뭘 어떡해! 당신이 내 껄 한 번 봤으니, 나도 당신 껄

한 번…….”

쿨럭!

크게 기침을 하며 자리에서 벌떡 일어난 택중.

그의 귓가에 익숙한 음성이 들려오고 있었다.

오빠 언능 일어나! 아잉~ 언능~!

스마트 폰에서 터진 알람 소리에 정신을 차린 택중.

그가 중얼거렸다.

'아! 꿈이었구나!'

생각과 동시에 안도의 한숨을 내쉬는 그였다.

그러면서도 다시금 꿈속의 대화를 되새겨 보았다.

순간 그의 얼굴이 시뻘게졌다.

그렇게 한참 동안 고개만 숙이고 있던 그는 그제야 그녀의 얼굴을 어찌 볼지 걱정하게 되었다.

“휴…….”

자신도 모르게 깊은 한숨을 내쉬며 몸을 일으킨 그가 창밖으로 다가가 밖을 내다보면 중얼거렸다.

“어쩐다지? 되게 민망할 거 같은데…… 응?”

말끝을 흐리던 그의 눈이 한껏 커지는 순간이었다.

그의 입가에 미소가 맺혔다.

동시에 호기 어린 음성이 터져 나왔다.

"확 그냥! 막 그냥! 돌아가기만 해 봐라! 콱 그냥……
움하하하하!"

잘됐다 싶었던 것이다.

그럴 수밖에 없는 것이…….

기분 좋게 웃어 젖히는 그의 눈앞에는 너무나도 익숙한
풍경이 있었던 것이다.

뿐만 아니라 조금은 탁한, 그럼에도 몹시 그리웠던 하늘
이 펼쳐져 있었다.

*　　　　　*　　　　　*

택중은 넥타이를 매다가 말고 고개를 내젓고 말았다.

"이건 좀 아닌 것 같은데……."

너무 오랜만에 입는 양복인지라 어색하기 짝이 없었던
것이다.

거래처 누구의 따님이 결혼을 한다든지, 혹은 누구의 장
례식이라든지 그런 경우가 아니면 입을 일이 없는 양복이었
다.

그나마도 단벌이어서 트랜드와는 무관한 스타일이었다.

게다가 넥타이도 유행하는 것과는 달리 너무나 평이했다.

하기야 요즘 어떤 스타일이 트랜드인지도 알지 못했지
만…….

"안 되겠네."

결국 그는 양복을 벗고 말았다.

그러곤 자신이 가지고 있는 옷들 중에 가장 깨끗한 옷으로 갈아입었다.

헐하고 새하얀 박스 티와 긴 면바지였다.

다행히도 얼마 전에 산 흰색 운동화는 깨끗해서 보기 좋았다.

"이게 훨씬 낫군!"

이 정도면 무난할 것 같았다.

지금 그가 평소와 다르게 몇 번이나 옷을 갈아입으며 난리를 치는 이유는 간단했다.

이번에 유진이의 학교에서 가을 축제를 하는데, 그에게 와 달라고 했던 것이다.

'아무렴! 꼭 가야지!'

빙그레 웃음을 짓던 택중이 창밖으로 눈을 돌렸다.

'그나저나 벌써 가을이네.'

중원을 오가게 된 것도 벌써 반년이 다 되어 간다는 걸 깨달은 그였다.

특히 이번에는 좀 오랫동안 가 있었던 탓에 그곳에서 여름을 나 버리고 말았다.

덕분에 그사이, 그에게 몇 번이나 전화를 했었는데도 통화가 되지 않았다면서 유진이가 불만을 터뜨렸기에, 일 때문에 중국이랑 동남아를 다녀왔다는 거짓말까지 해야만 했다.

그 얘기 끝에 가을 축제 얘기가 나왔고, 유진이 몇 번이나 망설이다가 부탁을 해 온 것이다.

"꼭 올 거지?"

수화기 너머에서 불안한 듯 묻던 여동생의 음성을 다시금 생각하며 택중이 미소 지었다.

그럼!

누가 한 부탁인데!

다시 한 번 거울에 이리저리 자신을 비춰 보던 택중이 갑자기 무릎을 쳤다.

"헛! 이를 어쩌지?"

생각지도 못했던 문제가 그제야 눈에 들어왔던 것이다.

머리!

중원에 가 있는 동안, 머리가 기는 바람에 안 그래도 길었던 게 이제는 아예 장발이 되어 있었던 것이다.

'미용실에 갈 시간이 있을까?'

시계를 흘깃거리던 택중은 이내 고개를 내젓고 말았다.

결국 그는 집안에 굴러다니던 가죽 끈으로 묶는 쪽을 택했다.

그러고 난 뒤에야 택중은 집을 나왔다.

탁! 부릉!

트럭에 시동을 걸면서 그가 소리쳤다.

"오케이! 유진아! 오빠가 간다!"

요즘 들어 사는 게 너무도 즐거운 택중이었다.

＊ ＊ ＊

학교는 제법 컸다.

어지간한 대학교는 저리가라 싶을 만큼 넓었던 것이다.

그래서인지 교정에는 손님용 주차장도 있는 모양이었다.

때문에 주차할 곳이 없어서 고생할 필요는 없을 듯했다.

드레스나 한복을 입고 서서 교문 앞에서 피켓을 들고 있는 여학생들을 피해 차를 몰면서 택중은 미소 지었다.

'좋은 학교라 다르구나! 그나저나 주차비 굳었네!'

그렇게 기뻐하며 교문을 막 통과하려던 때였다.

"거기! 차 세워요!"

수위가 튀어나오며 차를 막아서는 게 아닌가.

창문을 열고 택중이 고개를 내밀었다.

"왜 그러세요?"

"아! 몰라서 물어요?"

수위가 고함치고 있었지만, 택중으로선 이해할 수가 없

었다.

다시 묻지 않을 수 없었다.

"그러니까, 왜 막으시냐구요."

그러자 수위가 혀를 차면서 한 손으로 어딘가를 가리켰다.

손길을 따라 택중이 시선을 돌렸다.

잡상인 절대 출입금지.

헐!

기가 막힌 심정이 된 택중이 소리쳤다.

"저, 여기 다니는 학생 오빠라구요!"

"이 사람이 진짜! 자꾸 그렇게 나올 거야?!"

"아, 왜요! 제가 뭘 어쨌다고요!"

"말이 되는 소리를 해야지! 여기 다니는 학생들이 어떤 집안 자식들인지 몰라서 그러나 본데, 그렇다고 그렇게 아무 얘기나 갖다 붙이면 쓰나!"

황당해진 택중이 기어이 차에서 내리고 말았다.

그러면서 한소리 하려는 찰나였다.

"어머! 뭐야? 웬 잡상인이……."

"그러게? 여기가 어디라고……."

"진짜 웃긴다, 얘. 그나저나 완전 후지게 차려입고 다니네."

"아하하하, 진짜! 저 신발 좀 봐, 나이키도 아니고, 저건 뭐니?"

"크큭, 짝퉁인가 봐!"

"요새도 저런 거 신고 다니는 사람이 다 있네?"

여기저기서 들려오는 소리에 택중의 얼굴이 빨개지고 말았다.

그러면서 그는 고민했다.

'어, 어쩌지? 이대로 가면 유진이가 망신당할 거 같은데……. 그, 그냥 갈까? 그치만……. 그러면 유진이가 많이 실망할 텐데…….'

잠시 갈등하던 택중이 한차례 눈을 빛냈다.

마음의 결정을 내린 듯했다.

그가 수위를 향해 고개를 깊이 숙여 보이며 말했다.

"죄송했습니다, 다음엔 조심할게요."

"허허, 처음부터 그럴 것이지. 어디 젊은 사람이……."

계속해서 중얼거리며 훈계조로 말을 쏟아 내는 수위를 두고 택중이 돌아섰다.

그런 그의 얼굴에 짙은 그늘이 내려앉아 있었다.

탁!

차에 올라타 문을 닫은 그가 막 시동을 넣었을 때였다.

타다다다다닷!

어디선가 들려오는 다급한 발소리.

이어 날아드는 익숙한 음성.

"오빠!"

택중이 바라보니 유진이가 뛰어오고 있었다.

그 모습에 화색이 된 택중의 얼굴.

하지만 이내 안타까운 눈빛이 되어 입술을 짓씹었을 때였다.

마침내 트럭 바로 옆까지 달려온 유진이 가쁜 숨을 몰아쉬며 외쳤다.

"왜 이렇게 늦었어! 얼마나 기다리고 있었는데……."

안 그래도 늦는다 싶어서 밖에 나와 기다리길 잘했다고 생각하는 유진이었다.

그녀가 차 문을 열고는 트럭에 오르며 말했다.

"얼른 가자, 축제 다 끝나겠다."

"으, 응……. 알았어."

택중이 시동을 넣었다.

부릉!

그때였다.

"저, 정말 학생 오빠란 말인가?"

수위가 다가와 묻고 있었다.

유진이 고개를 돌렸을 때 주위에 있던 많은 학생들이 그녀와 택중을 향해 쳐다보았다.

그중에는 아까 택중이 차에서 내렸을 때 놀림조로 그의 패션을 촌평하던 학생들도 있었다.

왠지 부끄러워지는 택중.

자기 혼자라면 어딜 가든 당당한 그였지만, 어쩐지 동생이 다니는 학교라고 생각하니 자꾸만 어깨가 움츠러드는 그였던 것이다.

하지만…….

그런 그녀들의 시선 따윈 아랑곳도 하지 않은 채 유진이 외쳤다.

"맞아요! 저희 오빤데요?"

그거로도 모자라 껴안은 듯 택중의 팔짱을 끼며 활짝 웃는 그녀였다.

너무나도 당당한, 그렇기에 더없이 밝아 보이는 그녀의 웃음이었다.

*　　　*　　　*

황당함을 넘어 어이없어진 수아였다.

그녀가 이럴진대 희연은 오죽할까.

입을 벌린 채 다물지도 못하고 있던 희연이 문득 정신을 차리며 물었다.

"쟤한테 오빠가 있었어?"

몇 번이나 서윤의 집에 갔었지만, 오빠 사진이라든가 아니면 그 무엇이든 오빠가 있다는 증거 따윈 한 번도 본 적이 없다는 걸 기억해 내던 것이다.

수아가 단호하게 고개를 내저었다.

초등학교 때부터 서윤과 친구였던 수아가 그렇다는데야⋯⋯.

희연은 그럴 줄 알았다는 듯 얘기했다.

"그치? 오빠가 있다는 얘기 한번도 들은 적 없는데⋯⋯. 근데, 저 아저씨 지난번에 봤던 그 아저씨 아냐?"

"⋯⋯그런 거 같긴 한데⋯⋯."

"그때 서윤이가 그냥 조금 아는 사이라고 하지 않았나?"

이상하다는 듯 고개를 갸웃거리는 희연.

반면 수아는 왠지 모르게 서운해지는 마음을 느끼는 중이었다.

정말 저 사람이 자신의 오빠라면⋯⋯.

그것이 어떤 사정이 되었든 여태껏 단 한 번도 자신에게 '오빠'에 대한 얘기를 해 주지 않은 서윤이 그렇게나 섭섭하게 느껴졌던 것이다.

어느새 수아의 입술이 삐죽거리고 있었다.

＊　　　＊　　　＊

한편 트럭을 몰아 주차장에 세우면서 택중은 그야말로 가슴이 뛰고 하늘로 날아갈 듯한 환희를 느끼는 중이었다.

그러면서 계속해서 옆자리의 유진을 보면서 헤벌쭉 웃고 있었다.

그러자 유진은 얼굴을 붉히며 말하지 않을 수 없었다.

"왜 자꾸 봐? 내 얼굴에 뭐 묻었어?"

"아니."

"근데 왜 그래? 자꾸 그러면 부끄럽단 말이야."

"흐흐흐. 그런 게 있어. 에고, 이뻐라."

택중이 너무 기분이 좋은 나머지, 두 손으로 유진의 얼굴을 쓰다듬었다.

예전 같으면 꿈에도 할 수 없던 짓이었다.

그런 면에서는 유진 역시 마찬가지였다.

그녀 역시 꿈에서조차 이런 건 상상하지 못했던 그녀로 선 오빠의 그 손길이 그렇게나 기분 좋을 수 없었다.

뭐랄까…… 따뜻했다.

그리고 마음에 가라앉는 게 편안하기 짝이 없었다.

탁!

문을 닫고 나온 두 사람이 교정 쪽으로 향하면서 끊임없이 대화를 나누었다.

"그래서, 간신히 출품은 했는데 너무 아쉬운 거 있지."

"걱정하지 마, 꼭 붙을 거니까!"

그렇게 말해 주면서 택중은 웃고 있었다.

어느새 커서 저런 말을 하고 있는 동생이 대견하기만 했던 것이다.

"그래도 나중에 보고 웃지 마! 그럼 나 정말 부끄러워서 죽을지도 몰라!"

"아냐아냐! 오빠가 왜 웃겠어! 절대! 네버! 그런 일은 없을 거니까 걱정하지 마."

그러면서 택중은 너무나 궁금했다.

자신의 여동생이 이번에 그려서 출품했다는 그림이 어떤지가.

기대감에 부푼 그가 유진과 함께 교정으로 들어섰을 때였다.

"서윤아!"

수아와 희연이 달려와 유진 앞에 섰다.

그러곤 택중을 바라보고 있었다.

"인사해! 우리 오빠야."

"안녕하세요."

"처음 뵐게요."

두 사람의 인사를 받으며 택중이 머리를 긁적거렸다.

그런 그를 수아와 희연이 위아래로 훑어보곤 실망한 기색을 감추지 못했다.

바로 그때였다.

쾅!

폭음을 닮은 엄청난 소리가 들려왔다.

놀란 택중이 기겁을 하면서 눈을 치떴다.

안 그래도 얼마 전 정도맹의 함정에 빠져서 갖은 고생을 했던 그였기에 더욱 놀랐던 것이다.

한데 다른 사람들은 그렇지 않은 모양이었다.

너무나 태연한 모습이었다.

아니, 수아가 한순간 눈을 빛내는가 싶더니 서둘러 말하고 있었다.

"저, 택중 오빠."

"으, 응?"

여동생인 유진을 빼곤 난생처음 들어 보는 오빠 소리에 너무나 어색한 기분이 들었던 택중.

그가 말까지 더듬으며 대답하자, 수아가 재빨리 얘기했다.

"오빠도 저거 해 볼래요?"

"뭐, 뭐를?"

씨익.

수아가 웃고 있었다.

제29장
전조

영문 모를 소리에 택중이 눈만 껌벅거릴 때 유진이 나섰
다.

"안 돼. 우리 오빠 저런 거 안 해 봤단 말이야."

"야아, 너무 치사하다! 누구 오빠 없는 사람 서러워서 살
겠냐?"

희연이 소리쳤지만, 소용없었다.

"그래도 안 돼. 괜히 손목이라도 나가면 안 된단 말이
야!"

"에이! 저거 한 번 한다고 무슨 손목이 나가겠어!"

희연이 입술을 삐죽거렸을 때였다.

"맞아. 그렇게 치면 저기 있는 남자애들은 전부 손목 삐

었겠다. 그죠, 오빠?"

수아가 눈웃음을 치며 물어 오자, 택중은 괜스레 부끄러운 마음이 들기까지 했다.

그러면서 바라보니, 저만치 보이는 운동장에 이상하게 생긴 기구 하나가 높다랗게 솟구쳐 있었다.

'저게 뭐지?'

눈을 가늘게 뜨고 바라보고 있을 때, 유진이 망설이다가 물어 오는 게 아닌가.

"오빠…… 한 번 해 볼래?"

"글쎄……."

고개를 갸웃거리던 택중이 일단 대답했다.

"뭔지 모르지만 한 번 해 보지, 뭐."

한차례 어깨를 으쓱이곤 앞으로 나아가는 그를 수아가 장난스럽게 웃으며 바라보았다.

그러자, 그럴 줄 알았다는 눈빛으로 유진이 주먹을 쥐어 보였다.

'너, 진짜 이럴 거야?'

'흥, 여태 날 속인 벌인 줄 알아!'

두 사람의 뜻 모를 눈빛이 오가는 사이, 택중은 어느새 기구 앞에 도착해 있었다.

기구를 둘러싸고 수를 헤아릴 수 없는 학생들이 몰려 있었다.

그때 마침 누군가가 나와서 커다란 망치를 들어 올리기 시작했다.

나무를 깎아 만든 망치는 손잡이도 길었고, 망치 부분은 조금 과장해서 절구통만 했다.

들어 올리는 데도 상당한 힘이 들어갈 듯 보였다.

아닌 게 아니라, 이번에 나선 남자가 몇 번이나 끙끙거리며 들었다 놨다는 반복하다가 겨우 머리 위로 들고 있었다.

그 앞의 바닥에는 커다란 접시 같이 생긴 게 있었는데, 그 뒤쪽으로 오 미터 쯤 높이의 긴 뿔대가 세워져 있었다.

뿔대에는 램프 등이 단계별로 파란색, 노란색, 붉은색으로 바뀌면서 점멸하고 있었다.

그리고 색깔별로 열 단계로 이루어져 있어서 도합 삼십 단계였다.

'흠, 그러니까. 저 망치로 저길 때려서, 저 램프가 어디까지 올라가나 재는 거로군.'

택중이 눈을 가늘게 뜨고 바라보고 있을 때였다.

휙!

바람을 가르며 망치가 접시 부분을 힘껏 때렸다.

쾅!

엄청난 소리와 함께 램프가 빠르게 켜지기 시작했다.

열개의 파란 등이 차례로 켜지고, 다시 노란 등이 켜지며 올라갔다.

그에 따라 사람들이 환호성을 내질렀다.

하지만 노란 등은 중간도 못 미쳐서 멈추더니 위에서부터 서서히 꺼지기는 게 아닌가.

그 한참 위쪽에는 붉은 등 하나만이 세 번째 단계에서 멈춘 채 깜빡거리고 있었는데, 아마도 그게 여태까지의 최고 기록인 듯했다.

남자애가 창피하다는 얼굴을 한 채 망치를 놓고 돌아서자, 여기저기서 웃음소리가 터져 나왔다.

그러자 그 아이의 여자 친구인 듯한 여학생이 실망스럽단 눈빛을 해 보였다.

그 모습을 안타깝게 바라보는 택중.

그를 힐끗 올려다본 유진이 그의 소매를 살짝 잡아당겼다.

'오빠, 하기 싫으면 안 해도 돼.'

그녀의 눈빛에 담긴 뜻을 알아채지 못할 택중이 아니었다.

유진을 향해 택중이 미소를 지어 보였다.

그러곤 손을 번쩍 치켜들었다.

"어머나! 저기 또 한 분이 나섰네요."

사회를 보는 여학생이 소리치자, 모두의 시선이 택중에게 모여들었다.

그 바람에 주목을 받게 된 수아와 희연은 그만 얼굴이 빨개져서 한 발 물러서고 말았다.

그사이 택중이 앞으로 나섰다.

"알고 계시죠?"

사회자의 물음에 택중이 걸음을 멈추었다.

"뭘요?"

"호호호, 모르신다면 가르쳐 드릴게요. 대신 겁먹고 돌아가시면 안 돼요?"

"그럴게요."

"와! 용감하신 분이셨네요! 여러분, 박수!"

사람들이 함성을 내지르며 박수를 치고 있었다.

어색함을 느낀 택중이 머리를 긁적이고 있을 때 사회자가 다시 말했다.

"참가비는 만 원이고요. 만일, 파란색 단계를 벗어나지 못하면 이만 원 추가예요."

"헉! 그, 그런!"

택중의 얼굴이 노랗게 물들고 있었지만, 사회자의 얘기는 계속되고 있었다.

"그나마 노란색 단계에 들어가면 그냥 참가비만 내시면 되세요."

듣고 있던 택중이 물었다.

"그럼, 빨간색 단계까지 올라가면요?"

그 순간 여기저기서 웃음이 터졌다.

대개는 비웃음 소리였다.

그 바람에 민망해진 택중.

그의 귓가로 웃음기가 섞인 사회자의 음성이 날아들었다.

"그럼, 참가비도 안 내셔도 되요. 하지만 쉽지 않을 거예요. 오늘 아침부터 지금까지 빨간색 단계까지 오르신 분은 저기에 표시되어 있는 분을 빼곤 한 명도 없었거든요."

계속 점멸하고 있는 붉은 램프를 힐끔 쳐다본 뒤, 택중이 되물었다.

"저……."

"예?"

"그럼, 제가 돈을 받는 경우는 없는 건가요?"

순간 정적.

하지만 오래가지 않았다.

"깔깔깔깔깔깔!"

사회자가 웃음을 터뜨리는 순간, 일대는 완전히 웃음바다가 되고 말았다.

긁적긁적.

또다시 택중이 한 손으로 머리를 긁적이고 있을 때, 사회자가 웃음을 그치며 말했다.

"좋아요! 그럼, 본 사회자의 독단으로 규칙을 바꿔 보도록 하겠습니다!"

"와아아아아!"

사람들이 환호하자, 사회자가 손을 들어 그들을 진정시킨 후 다시 얘기했다.

　"최고 기록이 갱신될 때마다 본 사회자의 권한으로 금일봉으로 십만 원을 수여하도록 합니다! 어떻습니까? 좋습니까?"

　마이크를 들어 사람들에게 내밀며 묻자, 사람들이 일제히 소리 질렀다.

　"예에!"

　"와! 최고다!"

　그제야 만족했는지, 사회자가 택중을 향해 활짝 웃으며 물어 왔다.

　"됐나요?"

　끄덕.

　"그럼, 이제 시작해 볼까요?"

　그녀의 얘기에 택중이 한걸음 앞으로 나섰다.

　그 뒷모습을 보면서 유진이 두 손을 꼭 움켜쥐었다.

　'오빠……'

　그냥 망신만 안 당했으면 하는 그녀였다.

　그랬다가는 아무리 넉살 좋은 오빠라도 상처를 받을 것 같았기 때문이다.

　그때였다.

　"헛!"

"……!"

여기저기서 신음 섞인 탄성이 흘러나왔다.

심지어는 수아와 희연까지 두 눈이 휘둥그레진 모습이었다.

그럴 수밖에.

택중이 박스 티의 소매를 어깨까지 걷어 올렸는데…….

'마, 말도 안 돼!'

'……저 근육 좀 봐!'

'터질 것 같아!'

모두의 시선에는 경탄이 숨어 있었다.

유진 또한 마찬가지였다.

다만 다른 사람들과 조금 의미가 달랐을 뿐.

'오빠……!'

그녀의 눈동자에는 안타까움과 미안함이 뒤섞인 채 어려 있었다.

'얼마나 고생했으면…….'

그저 오빠인 택중이 저런 근육을 가지게 된 게 힘든 노동의 결과라고만 생각하는 그녀였던 것이다.

반면 다른 사람들은 다시 한 번 놀라지 않을 수 없었다.

'혹시라도 걸리거나 하면 안 되니까.'

잠시 망설이던 택중이 면바지까지 걷어 올리며 빚어진 일이었다.

드러난 허벅지가 어지간한 성인 남자의 허리만 했던 것
이다.

그러니 누군들 놀라지 않을까.

그러거나 말거나 택중은 갑자기 떠오른 듯 쭈그리고 앉
았다.

"힘과 속도는 허리에서 나와요. 그리고 허리를 지탱하는 건
하체구요.

한데, 그보다 더 중요한 게 뭔 줄 알아요?

바로 발이에요.

얼마나 단단하게 바닥을 딛고 섰느냐가 승패를 좌우한다고 보
아도 좋아요.

그래서 기수식이 중요한 거예요. 알겠죠?"

뇌리 속에 스쳐 가는 은설란의 설명을 되새기며 그는 신
발 끈을 단단히 묶고 있었다.

그런 뒤에야 그는 일어나 망치의 손잡이를 잡았다.

그러곤 한차례 숨을 크게 들이마셨다가 천천히 내뱉었다.

축기까진 할 필요가 없어서 배우지 않았지만, 운기행공
을 위해 배운 호흡법에 따라 끊어질 듯, 끊어질듯 숨을 뱉
던 그가 한순간, 숨을 멈추었다.

그리고 힘껏 망치를 들어 올렸다.

쐐액!

맹렬하게 솟구친 망치가 어느새 택중의 머리 위에 있었다.

그 모습에 모두가 숨을 멈추고 경악했을 때였다.

쐐애액!!

올라갈 때보다 몇 배는 빠르게 떨어지는 망치.

그야말로 벼락이 치는 것만 같았다.

그리고 폭음이 터졌다.

콰— 앙!!

충격이 얼마나 큰지 소리뿐만 아니라, 땅이 다 울리고 있었다.

띠띠띠띠띠띠띠……

귀가 먹을 듯한 충격 속에서 램프가 빠르게 켜지기 시작했다.

열 개의 파란색 등이 모두 켜지고, 이어 노란색 등이 켜지고 있었다.

"아!"

"와아!"

탄성 속에서 어느새 열 개의 노란색 등도 모두 켜졌다.

빨간색 등이 켜지기 시작한 것이다.

그러고도 램프는 멈추지 않았다.

띠띠띠……

계속해서 올라가던 램프가 드디어 최고 기록에 다다르고
있었다.

모두는 이제 탄성조차 지르지 못하고 숨을 죽였다.

이를 지켜보던 유진은 이제 아까와는 다른 의미로 두 손
을 꽉 움켜쥐고 있었다.

뿐만 아니었다.

수아와 희연 또한 마찬가지.

그들은 이제 램프가 어디까지 올라갈지보다 무조건 최고
기록을 넘어서기만을 기도했다.

바로 그 순간, 빨간색 등이 최고 기록을 넘어섰다.

'너, 넘었어!'

'끄, 끝내 준다!'

모두가 입을 쩍 벌리고 있을 때에도, 램프는 계속해서 켜
지고 있었다.

최고기록을 가뿐히 넘어서고도 쭉쭉 치고 올라가고 있었
던 것이다.

띠띠띠띠띠띠띠…….

꿀꺽!

누군가 침을 삼키는 순간,

띠이!

마침내 마지막 열 번째까지 켜졌다.

한데도 신호음은 계속되고 있었다.

그 때문에 모두는 그때까지도 아무런 말도 못하고 있었
다.

그렇게 뜨거운 시선이 지켜보는 가운데,

번쩍!

기구에서 빛이 터졌고,

빠지지지직!

그와 동시에 스파크가 일어났다.

팟!

그러곤 램프가 일제히 나갔다.

그그그그그그.

뭔가 타는 듯한 냄새와 함께 기구가 고장 나고만 것이다.

*　　　　*　　　　*

유진을 따라 교실을 돌면서 택중은 연신 싱글벙글이었다.

상큼한 여학생들 때문이 아니었다.

당연히 여동생 때문이었다.

그녀가 지나갈 때마다 들려오는 얘기가 그를 기분 좋게
만들었던 것이다.

"서윤이다!"

"이번엔 과학경진대회에서 입상했다며?"

"에이, 그게 뭐! 작년에도 그랬는데. 것보다 지난번 국제 수학 올림피아드에 나갔을 때가 더 대단하지 않아?"

"그렇긴 하지. 아깝게 2등 했잖아."

"휴! 쟤는 얼굴도 예쁜데, 공부도 잘하고……. 세상은 너무 불공평한 거 같아!"

"누가 아니래, 성격도 좋고 집도 잘살잖아."

"응? 집은 니네가 더 잘살지 않아?"

"아유, 말도 마. 요즘 울 아빠 회사 주식이……."

대충 이런 식이었다.

그래도 동급생에게서 들려오는 건 약과였다.

한 학년 아래의 하급생들의 반들이 몰려 있는 층으로 내려가자, 아주 난리도 아니었다.

"서윤 언니! 축하해요!"

"언니! 저 모르는 게 있어서 그러는데, 나중에 찾아가면 안 될까요?"

"이번에 생일파티 하는데, 꼭 와 주시면 안 돼요?"

많은 아이들이 유진이에게 달려들어 매달렸던 것이다.

그 모습이 꼭 어미 새를 향해 입을 벌려 대는 새끼 종달새들 같았다.

그걸 보는 택중의 마음이 그렇게나 흐뭇할 수 없었다.

"오빠, 서윤이의 저런 모습 처음 보죠?"

수아가 옆에서 은근슬쩍 물어 오자, 택중이 머리가 떨어져 나가라 고개를 끄덕였다.

그게 우스워 보였던지 수아가 킥킥대며 말했다.

"꼭 내 친구라서가 아니라요. 서윤이는 정말 괜찮은 애예요. 무엇보다 진짜 착하다니까요."

"맞아요. 노트도 아무 말 없이 빌려 주고, 급할 땐 주번도 막 바꿔 준다니까, 그치? 근데, 이상하게 잰 같이 밥 먹자고만 하면 꼭 피하더라."

희연이 옆에서 맞장구를 치고 있었다.

갈수록 기분이 좋아지던 택중이 그만 실언을 하고 말았다.

"내가 사 줄까?"

"예?"

희연이 무슨 말인지 알아듣지 못하고 되물었을 때였다.

"예! 저 먹을래요!"

수아가 득달같이 외치는 것이 아닌가.

자신이 생각해도 너무 들이댔다고 생각했는지, 그녀는 얼굴을 붉히며 고개를 숙였다.

하지만 그녀들을 그저 동생 친구들이라고만 생각하는 택중은 아무것도 눈치채지 못했다.

그가 말했다.

"유진이, 아니, 서윤이한테 말해 놓을 테니까, 약속 잡고 연락 줘. 다 같이 밥 한번 먹지, 뭐."

"정말이죠?"

수아가 또다시 흥분해서 되묻자, 듣고 있던 유진이 택중의 옆구리를 팔꿈치로 쿡 찔렀다.

그러곤 소곤거렸다.

"오빠, 괜찮겠어? 쟤 완전 많이 먹는단 말이야. 그리고 입맛도 얼마나 까다로운데……."

"괜찮아, 괜찮아! 우리 유진이 친구인데, 뭐 어때?"

"히히히."

유진이가 치열까지 드러내며 맑게 웃자, 택중은 마냥 행복했다.

"가자, 오빠! 이번엔 내가 그린 그림 보여 줄게."

유진이 택중의 팔짱을 끼곤 그를 이끌었다.

그 모습을 뒤에서 보던 수아가 멍한 얼굴이 되어 돌부처마냥 서 있었다.

아주 넋을 잃은 모습이었다.

그러자 희연이 이상하다는 듯 그녀를 보다가 가볍게 수아의 어깨를 쳤다.

"어?"

수아가 화들짝 놀라며 눈을 동그랗게 뜨고 희연을 보았다.

희연이 물었다.

"아까부터 왜 그래? 혹시 어디 아픈 거야?"

"아냐, 아냐! 그런 거 아니라니까!"

손사래를 치던 수아가 복도 저편을 힐끔대다가 후다닥 뛰어가며 외쳤다.

"야! 서윤아! 같이 가야지!"

희연이 한차례 고개를 내젓고는 천천히 뒤따르기 시작했다.

"어차피 우리 반에 가면 만날 텐데, 뭘 저렇게 서두르는 거람."

＊　　　＊　　　＊

그림 앞에서 택중은 그만 할 말을 잃고 말았다.

전시되어 있는 수많은 그림 중에 유독 눈에 띄는 그림이 있었는데, 그 때문에 그는 자신도 모르게 마른 침을 삼키고 말았다.

"오빠?"

유진이 손바닥으로 택중의 눈앞을 휘젓고 있었다.

"어?"

정신 든 택중이 눈을 깜박이다가 외쳤다.

"와! 진짜 잘 그렸다!"

"정말?"

"그럼! 우리 유진이가 이 오빨 닮아서 그림 하난 진짜 잘 그린다니까!"

"정말?"

"그렇다니까! 미대 가도 되겠어! 아니, 지금 당장 화가 해도 되겠는걸!"

"정말정말?"

유진이 두 손으로 얼굴을 감싸며 부끄럽다는 표정을 지어 보였다.

그때였다.

"정말 그렇게 생각해요?"

희연이 게슴츠레한 눈으로 택중을 보며 묻고 있었다.

꿀꺽!

택중은 마른 침을 삼킬 수밖에 없었다.

그러곤 유진이가 그린 그림을 다시 한 번 바라보았다.

바닷가를 배경으로 하는 그림에는 한 남자가 뒷모습만을 보인 채 백사장을 뛰노는 소녀를 바라보는 장면이 담겨 있었다.

그렇다.

콘셉트는 나쁘지 않다.

따뜻하고, 낭만적이다.

하지만, 문제는…….

'너무 못 그렸다는 건데…….'

어떻게 유화 물감으로 저런 그림을 그릴 수 있는 걸까?

아무리 택중이 그림에 문외한이라지만, 잘 그린 그림과,

못 그린 그림을 구분할 줄은 안다.

그런 택중이 보기에도 유진의 그림은……

'꼭 초등학생이 그린 거 같아.'

하지만 뭐 어때랴?

'진아가 미대를 갈 것도 아니잖아?'

택중은 마음을 굳게 먹고 희연의 질문에 대답했다.

"그럼! 지인짜! 진짜로 잘 그렸지!"

"휴우! 다행이다! 이거 오빠랑 날 그린 건데, 혹시라도 오빠가 싫어하면 어쩌나 했어."

유진의 얘기를 들으며 폭풍 감동이 몰아쳤다.

그러다 보니, 택중은 진심을 담아 엄지손가락을 치켜들고 말았다.

"어쩐지 잘 그렸다 했어! 진아의 진심이 팍팍 느껴진 달까? 꼭 르네…… 뭐냐 하여튼 레오나르도 다빈치의 그림 같아!"

희연이 고개를 끄덕이며 말했다.

"흐음, 그렇구나! 서윤이가 오빠를 닮아서 그림도 저렇게 그리고, 또 보는 눈도 없…… 읍!"

택중이 희연의 입을 손으로 틀어막았다.

발버둥치는 희연을 보지 못했는지, 유진이 환한 얼굴로 자신의 그림을 보면서 말했다.

"오빠……"

"응?"

"나 미대 갈까 봐."

"컥!"

택중이 새파래진 얼굴로 유진을 쳐다보았다.

* * *

그 시각 택중의 집에서는…….

치이이이익.

라디오의 눈금이 무섭게 흔들리며 좌우로 움직이고 있었다.

디스플레이 창이 점멸하며 터질 듯한 붉은빛을 뿜어내고 있었다.

* * *

트럭에 오르다 말고 택중이 뭔가 생각났는지, 유진에게 물었다.

"진아야, 우리 빵집에라도 가서 팥빙수 사 먹을까?"

언젠가 꼭 한 번, 동생과 팥빙수를 먹겠다고 다짐했던 기억이 떠오른 것이다.

"아하하하하! 택중 오빠, 진짜 웃겨! 촌스럽게 빵집이래!

그리고 요즘 누가 제과점에서 팥빙수를 사 먹어요!"

희연이 깔깔대며 웃음을 터뜨렸다.

하지만 수아의 반응은 달랐다.

"먹을래요!"

유진도 마찬가지였다.

"그럼, 그럴까?"

희연을 빼고 세 사람이 트럭에 몸을 실었다.

"저는요?"

희연이 창문에 매달리며 울상을 짓자, 택중이 맑게 웃으
며 대꾸했다.

"촌스럽다며?"

"히잉!"

"얼른 타!"

그제야 희연이 활짝 웃으며 트럭 문을 열려고 했다.

그러자 택중이 인상을 쓰며 손가락으로 뒤쪽을 가리켰다.

"에? 저더러 짐칸에 타라고요?"

"싫음 말든가!"

"타, 타요! 타면 되잖아요!"

희연이 마지못해 짐칸에 오르고 난 뒤, 트럭이 출발했다.

학교를 빠져나온 후 택중은 목동 현대 백화점으로 향했
다.

그러곤 지하에 차를 세웠다.

그는 유진과 그녀의 친구들을 데리고 백화점 식품관으로 갔다.

그때 희연이 말했다.

"8층에 가면 진짜 맛있는 빙수집이 있는데……."

"그래?"

"정말이에요. 진짜 맛있다니까요!"

"그렇구나!"

"진짜예요! 완전 짱이라니까요!"

"그럼, 넌 거기 가서 먹어. 유진아, 수아야, 가자."

"예, 오빠!"

"응!"

세 사람이 희연을 쏙 빼놓고 식품관으로 들어가자, 희연은 울상이 되어 얼른 그들을 뒤쫓았다.

잠시 뒤 옹기종기 모여 팥빙수를 먹는 그들이었다.

"오빠는 직업이 뭐예요?"

수아가 묻고 있었다.

"만물……."

대답하다 말고 유진의 얼굴을 한차례 쳐다보는 택중. 그가 얼른 말을 바꿨다.

"뭐, 그냥 외국에서 이런저런 물건 가져다가 팔아."

"와, 무역상이구나! 그럼, 오빠…… 집도 있어요?"

"있지. 오십 평밖에는 안 되지만."

"오빠 그렇게 안 봤는데, 완전 부자다! 결혼해도 되겠네!
그럼요…… 오빠 어떤 여자가 좋아요?"

"나?"

잠깐 생각에 잠겼던 택중은 자신도 모르게 은설란을 떠
올리고 말았다.

그녀가 라면을 폭풍 흡입하는 장면을 떠올린 것이다.

"그냥 조금 먹는 여자면 돼."

탁!

수아가 스푼을 탁자 위에 내려놓고 있었다.

택중의 얘기에 귀를 기울이고 있던 유진이 그녀에게 물
었다.

"왜 그래? 아직 반도 안 먹었는데?"

"아냐. 너무 배불러서 못 먹겠어."

"아까 축제 준비 때문에 점심밥도 제대로 못 먹었잖아?"

"아유, 무슨 소리야. 원래 그만큼밖에 안 먹는 거 몰
라?"

"모르겠는데?"

"나도."

수아가 손톱만큼 짚어 보이며 되물었다.

"나 요만큼만 먹어도 배불러서 아무것도 못하잖아! 진짜
몰라?"

"모른다니까!"

세 명의 여학생이 주거니 받거니 하며 대화를 나누고 있을 때였다.

두근.

갑자기 택중은 가슴이 뛰는 걸 느꼈다.

'어?'

왜지?

이상한 기분이다.

'왜 이러지?'

한차례 고개를 갸웃한 택중이 자리에서 몸을 일으켰다.

화장실에라도 가서 세수 좀 하고 와야겠다고 생각했던 것이다.

택중은 살짝 비틀거리며 카운터로 갔다.

그러곤 화장실이 어디 있는지 묻고는 다시 걸음을 옮기기 시작했다.

두근.

그 순간 택중의 몸이 기우뚱했다.

동시에 그의 발이 꼬이며 비틀거렸다.

'어라?'

눈앞이 빙글거리며 어지러웠다.

뒤쪽에서 유진의 음성이 그의 귓가를 울렸다.

"오…… 빠!"

누군가 다급히 달려오는 소리가 그의 머릿속을 울리는

가운데, 택중은 느꼈다.

핑그르르.

눈앞이 흐릿해지는 것과 동시에 세상이 뒤집히는 것 같았다.

쿵!

쓰러지는 택중의 귓가로 유진의 음성이 흘러들었다.

"오, 오빠!"

아득한 음성이었다.

〈『신병이기』 제4권에서 계속〉